W0048298

S. FISCHER

ARNOLD STADLER

Irgendwo. Aber am Meer

Roman

S. FISCHER

Erschienen bei S. FISCHER

© 2023 S. Fischer Verlag GmbH,
Hedderichstr. 114, D-60596 Frankfurt am Main

Satz: Dörlemann Satz, Lemförde
Druck und Bindung: GGP Media GmbH, Pößneck
Printed in Germany
ISBN 978-3-10-075131-7

INHALT

I

SAYN

Vor dem Frankfurter Hauptbahnhof stieß ich auf einen jungen Obdachlosen, der »meine Mama« sagte. Er kam aus Gelnhausen. Und aus mir war auf Schloss Sayn ein alter weißer Mann geworden, der immer noch »ich« sagte. »In welche Himmelsrichtung wirst du dich verirren?«, fragte ich mich mit einem Dichter, der ganz in der Nähe wohnte.

Ich kam zurück aus Sayn. Es war am Himmelfahrtstag, und ich musste umsteigen. Aber am liebsten hätte ich mich nun neben ihn hingesetzt und geweint. Ich hätte sein Vater sein können, wie es aussah. Aber wir feierten weder Himmelfahrt noch Vatertag.

Ich war nun fast schon ein alter Mann geworden, der immer noch »ich« sagte.

Aus »ich« war »er« geworden, ein alter Mann, jener, einst in Blond aufgebrochen, irgendwie blauäugig, und nun war ich schon lange auf dem Weg von Blond nach Weiß, über Frau und Grau nach Weiß, und das dazugehörende Shampoo hieß »Silberglanz«.

Immerhin, das konnte ich morgens im Spiegel sehen, das spiegelverkehrte Grau glänzte, es war tatsächlich wie vom Shampoo versprochen, ein Silberglanz über mir. Vielleicht sogar etwas ins Blau spielend, wie einst bei der Begum.

Meine Lesung auf Schloss Sayn hatte sich als Katastrophe herausgestellt.

Nun fuhr ich als ein Überlebender von Limburg, wo man mich in den Zug geladen hatte, über Frankfurt nach Tuttlingen, der Stadt von »Kannitverstan«, zu meinem Auto zurück, meine Dacia! Es war an Christi Himmelfahrt.

Unterwegs auf der ICE-Neubaustrecke, irgendwo zwischen Limburg und Frankfurt Flughafen, hatte der Zug einen Jaguar überholt, und ich sah einen alten Mann am Steuer sitzen, der sich wohl aufgegeben hatte und so aussah, als wollte er lieber in den Graben fahren als sonst wohin. Ja, auch aus mir war nun wohl ein alter Mann geworden, der immer noch »ich« sagte ... So ungefähr ging es durch meinen Kopf, in meinem Kopf zu, der auch noch mit der Enttäuschung leben musste, dass ich es war, und nicht Greta Thunberg.

Vor kurzem war der Mann vielleicht noch auf dem Weg zu einer Geliebten gewesen. Nun war er vielleicht unterwegs zu einer letzten Besprechung mit dem Notar. Und so schien es nun auch bei mir zu sein.

Sie hatten mich auf Sayn zur Rede gestellt, im Grunde aus Enttäuschung, weil ich es war, und nicht Greta Thunberg.

Auf dem Hinweg war ich so übermütig, so wie jetzt auf dem Rückweg niedergeschlagen.

Aber wie es so ist: Erst auf dem Rückweg, als es zu spät war, fielen mir sämtliche richtigen Antworten ein.

Gerade auf der Hinfahrt war ich noch etwas übermütiger gewesen, als ich es mir angesichts meiner Jahre und meiner Welt hätte eigentlich erlauben können.

Gewiss wusste ich dies, und der folgende Satz hatte sich im Laufe meiner Zeit zwar als richtig herausgestellt, aber als einer von jenen Sätzen, die mir auch nicht weiterhalfen: Mir scheint, dass ich auch deswegen auf der Welt bin, um mich immer wieder zu täuschen. Und so lange es allen recht machen zu wollen.

Dass du dir nun fast alles dazudenken musst, alles, was nach Glück aussieht, dazudenken musst. Und aus meinem schmerzstillenden Mercedes, längst abgewrackt, war mein Schmerzedes geworden, ein Wortspiel.

Die Abwrackprämie hätte für einen nigelnagelneuen Dacia Duster gereicht, war aber längst aufgefressen. Ich kam wieder einmal zu spät. Und kannte Leute, die nie zu spät kamen. Smarte Leute, Experten, die immer wussten, wo es langging. Das hatte ich auch nicht vergessen: Wie ich damals, am Rheinufer zu Köln, eines Morgens auf jener Bank saß, und ein Kind hatte auf mich gezeigt und »Opa« gesagt. Es zeigte auf mich und sagte: »Opa!« Der hatte gerade eine irrsinnige Nacht hinter sich, gerade vierzig geworden, und so langsam zeigte ihm das Leben seine Zähne, das wusste er wohl und wiegte sich dabei in den Nachwehen des Don-Giovanni-Glücks, das Wort »Glück« gehörte bis zuletzt zu den häufigsten, wenn es um das weite Feld der Illusionen ging. Auch in meinem Wortschatz kam dieses Wort häufiger vor als in meinem tatsächlichen Leben, das ich mir dazudenken musste. Das du dir dazudenken kannst und dazudenken musst, sagte ich mir.

In der Hierarschie der Schmerzen, so hörte es sich wenigstens an, wenn dieses Wort aus dem Mund von Inge kam, die von der Mosel stammte … oder von einem frechen Rheinländer, entschuldigen Sie bitte, Herr Dingens! … war der Altersschmerz ganz unten angesiedelt, und die Todesangst eines Alten wurde ja kaum wahrgenommen in den sozialen Medien, die ich bald mit »asoziale Medien« übersetzte. Der Schmerz, mein Schmerz, kam praktisch nicht mehr vor im Fernsehen. Der Tod und das Sterben waren an die Krimis delegiert. Ihnen überlassen. Als wäre es, kurz, bevor es so weit wäre, nur noch halb so schlimm.

Was für ein Luxusschmerz war dagegen mein erstes Zahnweh, verglichen mit dem ausweglosen Fahren zurück aus Sayn und dem Westerwald, der Raiffeisengegend.

Doch mit meiner Rolle war ich nicht allein: Sie wiederholte sich millionenfach.

Im vergangenen Jahr war ich außerdem zum Dieselfahrer geworden. So spät? Jetzt noch?, wurde ich fast schon zur Rede gestellt.

Meine Dacia war ein Diesel, und ich ein verachteter Dieselfahrer. Doppelt verachtet: von den einen, weil Dieselfahrer Mörder waren an der Zukunft der Menschheit. Von den anderen: weil es sich bei diesem Dacia-Fahrer offensichtlich um einen alten Loser handelte, der sich keinen Tiguan und kein prestigeträchtiges Fahrzeug leisten konnte. Kein E-Mobil von Elon Musk, der hierzulande vielleicht für eine bessere Ökobilanz sorgte, in den Ländern der seltenen Erden jedoch zur Zerstörung der Natur und Ausbeutung der Menschen beitrug. Und wer hätte es gedacht, dass im wasserreichen Brandenburg seiner von sämtlichen bundesrepublikanischen Staatshoheiten gefeierten E-Auto-Fabrik dereinst das Wasser ausginge! Ein trockener Sommer folgte nun auf den anderen; und früher hatte der Mensch von einem Sommer ohne Regen noch geträumt. So war das Problem, das möglicherweise auch zu jenen gehörte, die nur eine Geschichte hatten, aber keine Lösung kannten, nur ausgelagert. In Südamerika und Afrika schufteten für einen Hungerlohn in den Minen auch Kinder. Und die Natur, die sogenannte Umwelt, wurde dort immer weniger. Tatsächlich war es die Welt. Am besten für die Welt und für die Ökobilanz zu Hause wäre es vielleicht gewesen, gar keine Autos mehr zu bauen.

Mein Fahrzeug hatte ich also zum Glück am Bahnhof in Tuttlingen, der Welthauptstadt der Medizintechnik und von Kannitverstan, stehen gelassen. Und war damit nicht auf Sayn vorgefahren, das wäre ein Todesurteil gewesen; so kam ich mit einer Katastrophe davon, die in einer Erkenntnis mündete, meiner Erkenntnis, dass das schöne Leben so langsam vorbei war.

Ich hatte mittlerweile schon erfahren, dass es ein Unterschied war, in einem Jaguar ein alter weißer Mann zu sein oder in einer Dacia Duster. Und überholt zu werden von jungen Leuten, die über mich hinwegflogen und die alles besser wussten als ich.

Als wäre es Hasenweh, so schaute der im Jaguar in Richtung Taunus.

Und ich auch.

Früher war es Zahnweh, da hatte der Mensch noch Zukunft. Nun aber war es Hasenweh, und ich wusste, dass es das Unglück war, zu wissen, dass dieser Mann alles falsch gemacht hatte. Aber ich wollte nicht so weit gehen und ihn nun zum Geisterfahrerkandidaten machen.

Ich hatte den Verdacht, dass sie auf Schloss Sayn eigentlich Greta Thunberg hatten hören wollen und mir übelnahmen, dass ich nicht Greta Thunberg war, sondern ein weißer Alter, der für alles verantwortlich gemacht werden konnte.

Und sie selbst nahmen es sich auch übel, dass sie zu mir und nicht zu Greta Thunberg gereist waren.

Dass sie mit einem wie mir vorliebnehmen mussten, der zudem nicht mit dem Foto übereinstimmte, das solche Menschen, die es immer noch gab, anlocken mochte, die vielleicht davon träumten, von mir gerettet zu werden oder mich zu retten. »Der Tourist fordert. Der Pilger dankt«, so hatte es gerade eine Pilgerherbergsmutter beschrieben.

Eine meiner ersten Lesungen war in einer Stadt namens D. gewesen. Man konnte mich damals, wie im Übrigen immer noch, über den Katalog beim Verlag bestellen. Und ich dachte schon an einen alten Schwindler, der mir einst hatte einen Gebrauchtwagen verkaufen wollen mit dem Satz: »Geben Sie Ihrem Herzen einen Stoß!« Und ich dachte nun an diese und jene Buchhändlerin, die es bis zu diesem Satz geschafft hätte.

Und ich lag wohl schon damals nicht ganz falsch mit meinem Verdacht, dass es vor allem das Foto im Frühjahrskatalog war, das zu den Bestellungen von mir geführt hatte. Selbst der Verlag wunderte sich, dass so viele Bestellungen eintrafen für mich, der nichts vorzuweisen hatte als sein erstes Buch.

Die Buchhändlerin holte mich am Bahnhof ab. Ja, die Stadt D. hatte tatsächlich einen Bahnhof, der aus zwei Gleisen bestand, für jede Richtung eines. Ein Abstellgleis gab es freilich auch. Genügte das etwa nicht? Doch ich ... Nachher, beim Wein, bekannte sie mir, dass sie mich aufgrund des Fotos bestellt hatte, und wie enttäuscht sie war, dass das Foto und ich nicht übereinstimmten und dass sie mich aufgrund dieses Fotos nicht erkannt hatte, obwohl ich der einzige Fahrgast war, der in D. den Zug verlassen hatte und auf die Buchhändlerin zuging, die ich gleich entdeckte und erkannte, obwohl ich kein Foto von ihr gesehen hatte … auf sie zuging, zögerlich, als schämte ich mich für mich, als wäre ich der Komplize eines Betrugs. Oder auch nur, als Irrwisch, der ich war, der Komplize des Nichts. Mit Don Quichotte oder sonst so einem, wie es sie zu allen Zeiten gab, im Gepäck, mit einem Buch, das eine Lichtung in Aussicht stellte und doch nur ein Holzwegreiseführer war, der solche Fragen beantwortete, die keiner gestellt hatte. Ein Verfasser von Holzwegliteratur. Ja, ich wusste es schon, als ich ihr schließlich gegenüberstand: Ich sah nur ein maßlos enttäuschtes Gesicht, als ich ihr meinen Namen sagte. Doch wie es der Teufel will: Bald sagte ich »Gertrud« zu ihr, denn es war noch schön mit uns, und bis zum heutigen Tag können wir über diese und jene Episode aus unserem Leben lachen, die eigentlich zum Weinen ist. Oder nicht?

Und was aus all den Lesern, die mein erstes Buch gekauft hatten, geworden war?

Der Taxifahrer hatte mich vom Bahnhof Hadamar nach Sayn gefahren, auf einer Autobahn, die auch den Westerwald durchschnitt, ja vierteilte.

Ich sagte ihm, dass ich lange auch ein solches Auto gefahren habe wie er, es war ein Mercedes. Um meine Angeberei zu korrigieren, so dachte ich, müsse ich ihm noch sagen, dass ich auch einmal Taxi gefahren sei, also Taxifahrer gewesen sei wie er, dass ich auch einmal so dachte wie er und dass ich mich immer mehr von all diesen Menschen entfernte, die wussten, wo es langgeht, und die wie selbstverständlich zu Greta flogen oder in jede Versammlung »Quatsch« hineinrufen konnten und die strategisch günstigste Stelle zu jeder

Zeit an jedem Ort wussten. »Solche darwinistischen Alphatiere sind das, ich sage Ihnen!« Nun war ich schon wieder bei Antworten auf Fragen, die mir keiner gestellt hatte. Manchmal, so wie bei der fraternisierenden Bemerkung, ich sei einst auch als Taxifahrer unterwegs gewesen, handelte es sich auch um unverlangte Lügengeschichten. Aber, wenn es schon sein musste: Ich log niemals, um einem Menschen zu schaden, und immer so, dass ich der Erste war, der es am Ende glaubte. Das glaubte ich.

Die Schwalben waren auch vom Kilimandscharo an den Rhein zurückgekehrt. – Wie ich. (Wenn es auch nicht alle geschafft hatten.) Nun flogen sie schon wieder auf meinem Weg zur Schlosstreppe zwischen mir und einem Himmel, der für mich aber immer noch »Heaven« war, hin und her.

Ich war schon etwas spät, die Gäste strömten schon hinauf.

»Was wollen die denn?«

»Wohin wollen denn die?«

Ich konnte ja nicht »zu mir« sagen. Sogleich sagte ich mir: Die gehen zu einer anderen Veranstaltung! Doch »ohne mich fängt das hier nicht an!« So versuchte ich mich schon meinem Taxifahrer gegenüber aufzuplustern, dass wir schon etwas spät dran seien. Dieser Mann hatte mir unterwegs sein Leben – wie weit dies eben in einer Dreiviertelstunde möglich war – erzählt, und wie weit er mittlerweile von allem entfernt sei, und dass auch das vollkommen egal sei. Und so fort. Er habe ja auch nicht mehr so lang bis zur Rente. Dass auch der Tod immer näher rückte: Ein solches Gesicht machte er aber nicht. Dass er an so etwas gedacht hätte: Dies schien auch bei ihm ziemlich unwahrscheinlich. Aber er werde wohl sein Leben lang weiterfahren müssen.

Ich hatte ihn wieder einmal für älter gehalten als mich. Ich würde mir wohl ein Leben lang jünger vorkommen, als ich war. Also noch nicht ganz den anderen gewachsen. Ja, ich hielt alle für älter als mich, intuitiv, weil ich von allen, mit denen ich zu tun hatte, gezeigt bekam, dass sie mir überlegen waren. Und ich kombinierte wieder einmal falsch: Alter und Überlegenheit. Denn ich lebte wohl in einer Zeit, in einer Weltgegend, da das Wort »Erfahrung« nichts mehr wert war. Dabei war auch mein Taxifahrer, der mich von Hadamar nach Schloss Sayn im vorderen Westerwald gefahren hatte, vielleicht zehn Jahre jünger als ich.

Mittlerweile war Greta Thunberg auf der Welt, der Weltbühne, erschienen, und das Wort Erscheinung war in den vergangenen Jahren immer peinlicher geworden, nun aber war es durch Greta rehabilitiert. Und wie in alten Zeiten, da sich die Wundergläubigen vor der Erscheinungsgrotte versammelten, standen nun auch in Hamburg Tausende von Menschen, die so viel Angst hatten vor der Klimakatastrophe und der Zukunft wie ich, und lauschten andächtig der kleinen Greta.

Sie plante auch eine Fahrt mit dem Schiff nach New York, aber nicht aus Flugangst, sondern aus Flugscham. Und ich war davon überzeugt, dass Greta von einer Million Followern am Kai von Manhattan erwartet würde.

Ich kam vom Land, aus einem Dorf, auf das sich »Ast« und »fast« und »Gast«, »Hast« und »Mast« und »passt« reimte, und vielleicht auch noch »bast cast dast«, nast und quast und zast. Nasty und dusty, »old« auf »white«, »man« auf »dirty«, also fast alles. Und ich kannte meine Pappenheimer, auf deren Feldern und Wäldern nun die sogenannte Energiewende ausgetragen werden sollte. Und ich hatte mich mitten unter ihnen längst als Don-Quichotte-artig herausgestellt, in einer Version im Zeitalter des ökologischen Fußabdrucks und der zweihundert Meter hohen Windmühlen.

»Diese Geschichte hat keinen Plot. So wenig wie die Geschichte einen Plot hat. So wahr ich keinen Plot habe.« So hätte ich meine Geschichte zusammenfassen sollen auch auf Sayn. Und Heimat gab es auch schon längst nicht mehr für mich, wohl aber immer noch ein ortloses Heimweh. Es war ja auch noch ein Gespräch über Heimat zwischen dem Publikum und mir angekündigt.

Ich war also von meinem Taxi aus hinauf zum Schloss gegangen.

Dann schlenderte ich noch etwas herum und sah verträumt zum Schlossteich hinüber und dachte wohl über das Leben nach.

Den richtigen Weg fand ich, indem ich den anderen folgte.

Immerhin hier, an diesem Abend, wenn auch nicht im Leben.

Und ohne eine Musik und ein gastronomisches Angebot ging es auch nicht mehr. Schließlich musste den Gästen etwas geboten werden. Sie hatten dreißig Euro bezahlt für mich. Eine bloße Lesung war längst zu wenig. Es musste schon noch ein sogenanntes Gespräch dabei sein. Und dann vor allem ein wenig Musik und ein »kulinarisches Angebot«. Ich glaubte, im Lauf der Zeit herausgefunden zu haben, warum sie das Wort »kulinarisch« so liebten, besonders jene, die etwas Französisch und Italienisch konnten. Und doch: Das Wort »lecker« durfte mittlerweile, schließlich lebten

wir in der Zeit der leckeren Salate, der vegetarischen Verheißungen und in der Kinderzeit der veganen Existenz, an
keinem Tisch mehr fehlen, und ich vermutete, dass Frauen
dieses Wort noch etwas mehr verwendeten als Männer.

Das entscheidende Wort war auch hier »lecker«: Das
Wort verfolgte mich. Ich hatte es in der Lodge am Kilimandscharo gehört, wie bei fast jedem Essen, zu dem ich geladen
war; nur hier im Schloss hätte das die Fürstin nicht durchgehen lassen. Nicht einmal »Guten Appetit!« durfte man
sich in Adelskreisen wünschen, bei der Strafe der Exkom-
munikation. Die Fürstin würde aber wohl gar nicht kommen, wahrscheinlich nicht deswegen, weil ich es war, sondern eher, weil sie es und das Wort »lecker« nicht ertragen
hätte. Also würde sie niemals erfahren, dass auch ich das
Wort »lecker« scharf missbilligte. Sie ekelte sich vor diesem
Wort vielleicht genauso wie ich. Über dieses Wort hätten die
Soziologen von Allensbach einmal eine demoskopische Stu-
die anfertigen können. Das Wort »demoskopisch« war aber
mittlerweile ganz schön aus der Mode gekommen, wie ich
auch, mit all meinen Fragen und Sätzen, dachte ich.

Die eine oder andere würde ihren Mann mitbringen.
Oder mit ihrer Freundin kommen, als ginge es zu den Chip-
pendales. »Wann genau ist aus Sex, Drugs & Rock'n'Roll
eigentlich Laktoseintoleranz und Veganismus und Helene
Fischer geworden?« Die Frage war nicht von mir. Doch
irgendwie wollte auch ich es wissen. Aber sie, diese Frage,
war trotz des »eigentlich« sehr genau. War *meine* Frage, die
an meinem »irgendwie« scheiterte. Die mir der Kilimandscharo auch nicht beantworten konnte (vgl. A. St.: *Am siebten Tag flog ich zurück. Meine Reise zum Kilimandscharo*),
so wenig wie es die Wellen des Meeres vermochten, mir

zu antworten, auch wenn ich manches Mal, an einem der Meere stehend, mit ihnen, den Wellen, glaubte *per Du* zu sein, sein zu können, sein zu dürfen. Ja, mit ihnen zu verschmelzen, in ihnen aufzugehen wie im Sinn des Seins … Wenn ich einst hinausschaute, passte kein Blatt mehr zwischen uns, zwischen das Meer und mich, mich und dich, und auch nicht zwischen meine Augen und meinen Himmel, zwischen den Kilimandscharo und mich, und einst auch nachts zwischen die Milchstraße und meine Augen, einst, als es noch einen Nachhauseweg gab. »Wann genau war einst?« … Und immerhin hätte ich mir sagen können, dass ich diese Frage als eine gute Frage entdeckt hatte. Sie war auch die Frage meines Lebens. Irgend*wo* im Lauf der Zeit war mein Leben umgekippt. Und nun erfuhr ich es zum ersten Mal »so richtig«, wie man sagte. Das Schicksal hatte für mich dafür einen Abend auf Schloss Sayn ausgewählt, ausgewühlt, ausgewohlt, ausgewöhlt, ausgewallt, ausgewellt, ausgewillt, ausgewollt, ausgewullt …

Vorsicht, mein Lieber! Du willst dich doch nicht um Kopf und Kragen reden? Dabei wollte ich doch eigentlich nichts als leben. Mich dann und wann etwas sonnen. Was war Glück? Nun wusste ich es. Das Leben? Es war nicht zum Spaß, sondern weil es sein musste. Einst hatte ich zu leben und zu schreiben begonnen; und ich hatte trotz allem eine unbändige Kraft und einen Lebenswillen sondergleichen, schon beim ersten kindlichen Versuch, dem Leben zu entkommen und zu leben. Kein anderes als mein Leben hatte mich schließlich auch hierher nach Sayn geführt. Trotz allem hatte ich »ja« gesagt. Sonst hätte ich gar nicht erst zu schreiben begonnen und zu singen. Nun sagte ich nur noch »ich«. Ich sang, von mir, als verriete ich mein Leben an die

Welt, als wäre es wie bei einem Verhör, wenn der Gefangene schließlich doch singt.

Ohne eine Musik ging es auch hier nicht mehr, schließlich musste den Gästen etwas geboten werden. Sie hatten dreißig Euro bezahlt. Aber so, dass es in den Augen des vermuteten Publikums sexy ausschauen sollte. So dachte ich es noch auf dem Hinweg zu meiner Lesung und dem Gespräch, sorry, »Talk«, ein Wort, das noch von meinen Eltern deutsch ausgesprochen und mit der entsprechenden Drüse kombiniert worden wäre und von einem Menschen mit einer Rechtschreibschwäche immer noch.

Vielleicht gab es in diesem riesigen Schloss noch eine andere Veranstaltung um diese Zeit, das war ja oftmals so in den Literaturhäusern und an den Unis, in deren Treppenhäusern die Menschen unterwegs waren, manchmal auch zu mir, das wusste ich spätestens dann, wenn ich sie tuscheln hörte: Das ist er! Auf Sayn konnte doch noch gleichzeitig ein Weinfest sein oder eine Tupperabendkonferenz der Vertreterinnen aus ganz Deutschland. Sayn war ja auch ein Event-Hotspot.

Aus dem Mund der enttäuschten Veranstalterin, die schon einen Blick in den Veranstaltungsraum hineingeworfen hätte, würde ich, dachte ich, also gleich nach der Begrüßung etwa Folgendes hören: »An diesem Wochenende sind hier so viele Veranstaltungen, das Weinfest in Andernach, das Rheinfestival, die Lange Nacht der Museen von Rheinland-Pfalz, dazu ein wichtiges Fußballspiel im Fernsehen, gleichzeitig singt Helene Fischer beim Open Air in Vallendar« – das würde die ultimative Erklärung sein. Und da der Mensch naturgemäß kein Heiliger war, gingen sie dahin, wo Helene Fischer in Latex zu sehen wäre.

Irgendwer musste ja hingehen, die Puffgängernation Nr. 1 war jedoch die Schweiz, die Zahlen von Rheinland-Pfalz kannte ich nicht. Ich wusste nur, dass es nun nicht mehr in Brasilien oder auf Kuba, sondern im calvinistischen Teil der Schweiz die meisten Prostituierten gab auf der Welt: allein fünftausend Brasilianerinnen und fast ebenso viele Brasilianer gingen da ihrer Arbeit nach, das wusste ich aus dem *BLICK*, und schauen Sie einmal ins Net: In Freiburg gab es nur zwei Escort-Einträge, in Basel waren es fünfhundert. Ja, die Schweizer Millionen wollten auch ihr Futter haben.

All die Erklärungen und Faktenchecks. Allzeit war irgendwo ein wichtiges Spiel. Die arme Frau Lutze-Wild, ich hätte schon Mitleid mit ihren Sätzen, die sie für alles und mich finden müsste. Da ich nicht alles sein konnte … Und wie sie nun meine mangelnde Attraktivität, mein Lockkapital mit einzelnen Sätzen von mir wiedergutzumachen versuchen würde, die allein schon durch ihr Alter imponierten und sich bewährt zu haben schienen.

Sie würde dem Publikum plötzlich – gab es die unschöne Steigerung »plötzlichst« eigentlich auch? – Sätze von mir wie einen Ball zuwerfen oder gleich auf den Kopf zielen. Sätze wie »Ich war schon ganz verzweifelt, weil ich immer noch so viel Hoffnung hatte«. Vielleicht dachte sie wie ich, dass sie mit solchen Sätzen den Menschen wie du und ich – wie dich und mich – ins Herz treffen müsste. Sie warf ihnen Sätze wie einen Ball entgegen, als wäre das Publikum eine Jury, die über Leben und Tod eines Schriftstellers zu entscheiden hätte, oder auch nur über den Deutschen Buchpreis.

Doch sie lachten nur, und ich hätte weinen können über so viel Abwesenheit.

Sie lachten an der Stelle des Lebens zum ersten Mal, wo ich zum ersten Mal hätte weinen können.

So dachte ich mir meine unmittelbare Zukunft von Sayn aus.

Doch von Tag zu Tag war meine Zukunft der jeweilige Abend; die Zukunft: Das war im Leben doch meist der Abend, und dann die Nacht, und wer richtig am Leben war, fieberte dieser Tageszeit entgegen. Und dachte dabei an etwas anderes als ein Joint Venture aus Schlaflosigkeit und Albträumen.

Ja, die Nacht. Früher hatte ich bei »Nacht« noch an etwas ganz anderes gedacht als an mich, nun ein atemloses Joint Venture aus Schlaflosigkeit und Albträumen und »ich weiß nicht«.

Im Vorgespräch war mir noch einmal klargemacht worden und deutlich, dass heutzutage eine bloße Lesung dem Publikum nicht mehr reiche; es sollte also außer dem »Gespräch mit dem Autor« noch etwas dazukommen, wie bei einem Festvortrag die als Leckerbissen angekündigte Musik als Rahmen, samt einem »reichhaltigen kulinarischen Angebot«.

Die Musik durfte keineswegs fehlen. Und ich sollte bitte meine Lesung als Auftritt verstehen und mit den Musikern in Häppchen aufteilen. Und bitte rechtzeitig zur Mikroprobe erscheinen und mit den Künstlern das Programm besprechen! Der Tiefpunkt einer Lesung war, das wusste ich nun, wenn ich im Nachhinein zu hören bekam: »Man hat überhaupt nichts verstanden!« Dieser Satz kam meist aus dem Mund von alten weißen, weizenblond oder rostrot gefärbten Frauen. »Keineswegs sollten Sie länger als fünfzehn

bis zwanzig Minuten lesen. Mehr geht heute nicht mehr.«
Das war die Vorgabe. Und dann das Gespräch mit dem
Publikum. »Der Autor ist bereit, sein Buch zu signieren.«
Diesen Satz würde ich auch noch über mich ergehen lassen,
auch dann, wenn außer der Veranstalterin und ihren Hel-
ferinnen, außer dem kulinarischen Equipment und außer
den Jazzmusikern in der Westerwaldvariante kein Mensch
erschienen sein würde. Wunderbare Musiker würden es
sein, das wusste ich schon jetzt, und ich freute mich wirklich, denn die Musik hatte manchen Literaturabend gerettet, so vor kurzem auch der Gitarrist in der Stadtbibliothek
von Koblenz. Die Jazzformation würde auf meinen Wunsch
All of me spielen und singen, die viel von den zahlreichen
Amis in der Gegend, ursprünglich Besatzer, dann fast Ko-
lonialherren, gelernt hatten, wenn auch nicht alles. Und
wenn trotz all der Anstrengungen der Veranstalter die meisten Plätze leer blieben, hätte man vor Ort immer noch ein
wunderbares musikalisches Programm und einen ganzen
Sack voller Entschuldigungen. Im Vorfeld hatte ich nichts
darüber erfahren, wie der Kartenvorverkauf lief. Ich war es
gewohnt, mit Wörtern wie »schleppend« und »zäh« zu rechnen und mit Sätzen wie »wir können es uns überhaupt nicht
erklären«.

Man kannte mich in dieser Gegend nicht, trotz mancher
Auftritte in Edenkoben, an der Mosel, in der Jugendstrafan-
stalt von Wittlich, immer wieder in der Landeshauptstadt
Mainz oder in der ältesten Stadt Deutschlands, dem zeit-
weisen Regierungssitz des Römischen Weltreichs, das war
Trier. Und immer wieder war Koblenz auf meiner Auftritts-
liste erschienen. Koblenz war ein Wort, an dem meine erste
Lateinlehrerin die Entwicklung dieses Namens vom lateini-

schen Confluentes zum deutschen Koblenz grimassenartig nachstellte – es sah aber auch ein wenig nach einem oralen Automatismus aus – und so lange »Confluentes« ganz schnell vor sich hinsagte, bis daraus Koblenz geworden war. Und an der Stelle, wo die Mosel und der Rhein eins wurden, stand immer noch das Denkmal für Wilhelm den Großen, Deutscher Kaiser, aber nicht Kaiser der Deutschen oder gar Deutschlands. Karl der Große und seine Nachfolger hatten es nicht verdient, mit diesem preußischen Nachspiel zu enden, dachte ich. Und die Kaiser-Wilhelm-Spitze, die nun längst wieder Kilimandscharo hieß, hatte ich mit meinen Augen doch auch gerade bestiegen. Ich war also schon seit Jahrzehnten in Rheinland-Pfalz herumgetingelt, und in diesem und jenem Seitental. Doch man kannte mich da immer noch nicht »richtig«. Wie Frau Lutze-Wild mir einen Teil meines Lebens zu erklären sich bemühte.

Also würde die Veranstalterin versuchen, die Gäste mit dem Wort »berühmt« zu überrumpeln und meine Auszeichnungen, Preise und Mitgliedschaften aufzählen und dabei sagen, es sei nur ein Teil davon, wenn sie alles aufzählen würde, käme ich gar nicht mehr zum Lesen. »Berühmt« sagten sie vor allem dann, wenn einer vor Ort nicht berühmt war. Das hatte ich mittlerweile auch herausgefunden.

Vielleicht wollte sie mich doch mit einem vollen Haus überraschen, aber das würde ich aus einer naturgemäßen Skepsis mir gegenüber meinen Mitstreitenden anrechnen. Eigentlich war »ja« mein Lieblingswort. Doch von Natur aus rechnete ich lieber mit dem Wort Nein als mit dem Wort Ja, wenn es um meine Einschaltquoten ging. Das sollte aber nicht zu einer Beschimpfung der wenigen, die gekommen waren, ausarten. Die Veranstalterin würde sich wohldosiert bei denen bedanken, die »trotz allem« gekommen waren und ihren Weg zu mir gefunden hatten. Sie hatten schließlich dreißig Euro bezahlt! – Und da das für so etwas wie eine Lesung mit mir viel zu viel gewesen wäre, waren ein Glas Prosecco sowie ein kleines Lunchpaket im Wert von fünfzehn Euro inbegriffen. Das war ein Argument.

»Lass es sein! Sag: Es war nichts … Wie lange noch willst du dich dir und den anderen zumuten!«, dachte ich auf dem Weg in den Saal. Das Fragezeichen erübrigte sich bei dieser Frage. Vielleicht war mir schon etwas bang vor dem Publikum, dem ich mein Leben ausbreiten sollte. Und gerade auch sechs Tage am Kilimandscharo gehörten doch zu meinem Leben. Ich wusste, dass schon zwei Querulanten genügten, um aus etwas eigentlich Schönem etwas Schreckliches zu machen. Nur Schreiben war noch schöner als Lesen, manchmal auch schrecklicher.

Achten Sie mal auf das Wort »Argument« und wer es mit sich führt, als wären Wörter wie Waffen zu gebrauchen. Das waren die Gleichen, die gerne »Druck machen« sagten oder schrieben in ihren Durchblickerartikeln zur Lage der Welt. Die gerne in ihren Kommentaren von »muss jetzt liefern« sprachen.

Da können Sie schon ein erstes Psychogramm erstellen! Ach, der gute Professor Rathofer, wie ich ihn nun vermisste. »Bei Rilke heißt *Sein lassen* so viel wie: *lieben*«, sagte er. Wie ich ihn nun vermisste! Und ich hätte Professor Rathofer, der von Lady Gaga nie gehört hatte und nun auch schon lange tot war, wissen lassen können, dass Lady Gaga nun all over tätowiert war wie einst ein Seemann von Sankt Pauli, dessen Seemannsbraut die See war. Nur war es bei Lady Gaga ein Rilkegedicht, und ich nehme an, dass es an einer heiklen Stelle ihres Lebens zu lesen war, eben für Eingeweihte.

Mit Rilke und einem entsprechenden musikalischen und kulinarischen Programm hätte ein namhafter Schauspieler auch noch einen Abend bestreiten können auf diesem und jenem Schloss oder diesem hier ... Doch bald genügte es den Schauspielern nicht mehr, immer nur aus den Büchern der anderen vorzulesen, und sie schrieben selbst. Und die Verlage warteten sehnsüchtig auf sie, jene Autorinnen und Autoren, die sich in den Talkshows platzieren ließen.

Wahrscheinlich würde ich auf kein Tattoo stoßen an diesem Abend. Doch wer wusste das schon. Das Publikum, wie überschaubar es sein mochte oder nicht, würde trotz allem eher mir ähneln, dachte ich. Also konnte ich mich einerseits in ihre Enttäuschung hineinversetzen, andererseits wiederum überhaupt nicht.

Also fünfzig plus. Die wussten nicht einmal, dass man nicht mehr »tätowieren« sagte, sondern »stechen«.

Und ich, wer immer das war, sollte zuerst aus einem Buch vorlesen, das ich geschrieben hatte. Jedenfalls las ich es so mit meinem Namen auf den Plakaten die Hauptstraße entlang, die aber Schlossstraße hieß wie in meinem Lieblingsspiel von einst: Monopoly.

Überall hingen Plakate herum, aber mich erkannte niemand. Später würde mir eine Besucherin beim Signieren – Damen gab es ja nicht mehr – sagen:

»Sie sind aber alt geworden!«

»Kennen wir uns?«

»Nein, aber ich habe das Foto gesehen.«

»Welches Foto?«

»Das in Ihrem Buch.«

»Und dann das Plakat.«

»Ein schönes Foto.«

So ließe eine Frau mich wieder einmal wissen, dass ich es niemals schaffen würde, so schön wie auf dem Foto zu sein.

Da ich nicht alles sein konnte, und da dies aber mittlerweile nicht alles sein konnte, standen schon auf dem Plakat Titel und Thema: Lesung aus *Am siebten Tag flog ich zurück. Meine Reise zum Kilimandscharo.* Gespräch mit dem Autor von *Ein hinreißender Schrotthändler* und dazu Wörter wie »kulinarisch« und »Musikprogramm«. Ganz so, als wäre es nicht genug mit mir und meinem Kilimandscharo. Das Buch war zwar noch gar nicht erschienen; immerhin war es geschrieben; und ein Auszug davon war auch schon in den berühmten *manuskripten* meines Freundes Alfred Kolleritsch zu lesen gewesen. Wieder einmal: Hilfe kam aus Österreich!

Und statt meiner Person, deren Schatten von hinten für Eingeweihte gerade noch erkennbar war, sah ich auf dem Plakat den Kilimandscharo, wie gemalt von Fritz Lang.

Am Ortseingang angekommen, sah ich schon rechts und links zum Teil unvorschriftsmäßig geparkte Fahrzeuge, umweltgerechte Volvos der neuesten Generation, aus China herbeigeschifft. »Vielleicht ist es ein Weinfest oder sonst ein Dorfhock«, dachte ich. Die wollen doch nicht alle zu mir? Sie würden meine Dacia Duster nicht durchgehen lassen, sie würden mich zum Unterschichtspöbel rechnen, der sich einen Volvo nicht leisten konnte und der sich nichts machte aus der Abholzung der tropischen Regenwälder.

Da werde ich es schwer haben als Duster-Existenz. Dachte ich. Sollte es aber doch ziemlich überschaubar sein im Schlosssaal, so würde ich vielleicht von Frau Lutze-Wild –

wie sie mir dann beim Wein verraten würde, war ihr Schmusename, auch lange nicht mehr gehört, »Wildrösle« – zu hören bekommen, warum so wenige Besucher anwesend waren: weil es das Wochenende war beziehungsweise weil es nicht das Wochenende war. Weil es Montag war. Weil es Dienstag war. Weil es Mittwoch war. Weil es Donnerstag war. Weil es Freitag war. Weil ein bedeutendes Fußballspiel in der Glotze war. Weil Weltmeisterschaft war. Weil Weinfest war.

Und dann käme sie den Tatsachen wie im Kinderspiel Heiß-Kalt schon näher: weil es der *Tatort*-Abend war. Weil Donna Leon kam. Weil ein Bretonischer Krimi kam. Meine Lesung war ja zur besten Sendezeit und an einem Ort, wo sie immer in der Ersten Reihe saßen. Oder es wurde die Verfilmung eines Science-Fiction-Bestsellers ausgestrahlt, 150 Millionen verkaufte Exemplare, doch was war ich für einer, der davon noch nie gehört hatte? Sie alle hätten mir zeigen können, wie man es machte und wo es langging. Mein Selbst wurde noch kleiner. Ich vermutete mittlerweile, dass das Publikum wohl insgeheim schon vor mir gewarnt worden war: Es sei nichts für jeden und gar nicht einfach, in das Buch – das Frau Lutze-Wild als Ganzes ja noch gar nicht kannte – und in den Autor hineinzufinden, lohnte sich aber. Das Publikum müsse mit Vogelscheuchensätzen rechnen … So sagte sie es aber nicht. Sie sagte nur: Machen Sie sich die Mühe, es lohnt sich – … Aber vielleicht war es doch gar nicht so kompliziert, wie ich es mir zurechtdachte. Warum waren es nicht einfach die Witterungsverhältnisse? Also: weil es so heiß war. Weil es so kalt war. Weil es regnete. Weil die Sonne schien. Weil Ferien waren. Weil keine Ferien waren. Weil Frühjahr war. Weil Sommer war. Weil Herbst war.

Weil Winter war. Weil es so glatt war. Weil die Zeitung keinen Hinweis gebracht hatte, obwohl das versprochen war. Weil Stau war, weil eine Straßensperrung war, weil es keine öffentlichen Verkehrsmittel gab. Weil es auf einem entlegenen Schloss war. Weil sich nicht jeder den Eintritt leisten konnte.

Nur das Hauptargument fehlte: weil ich es war.

Und wenn trotz allem der Saal eher leer bliebe als voll würde – auch hier kam es auf die Perspektive des Betrachters an –, dann würde Frau Lutze-Wild, die mich verteidigen würde, meine Erscheinung mit meinem grandiosen Text entschuldigen, und auch für die offensichtliche Tatsache, dass dieses Plakat eine Mogelpackung war, würde sie die richtigen Worte finden, und es würde ihr keinerlei Mühe machen, die Tatsache, dass die im Publikum überrumpelt worden waren, zu einem Geschenk zu deklarieren. Dass sie überrumpelt worden waren ... wie einst ich, als ich, keine achtzehn, die ganze Woche über der Spätvorstellung in den GLORIA Lichtspielen zu S. entgegengefiebert hatte.

Der Film hieß *Eros am Abgrund* und war mit strengstem Jugendverbot belegt, schon in den fünfziger Jahren; und das Jugendverbot war beibehalten worden bis in die Kinderzeit der Sexfilme, die mit meiner Jugend zusammenfiel. Das war ganz clever von den Werbestrategen: Es war ein ungeheuer sinnliches Plakat in Schwarz-Weiß, fast schon Mapplethorpe, gezeigt im Schaukasten auf der Innenseite im Eingangsbereich, an dem man ungestraft vorbeigehen konnte, ohne sich zu kompromittieren, denn da waren auch Stills aus dem Hauptprogramm zu sehen, als Hauptfilm lief *Charleys Tante*.

Und ich ging hinein. Mit meinen, wie sie unsere Großmütter noch ganz unschuldig nannten: Kameraden. Es war in der Mopedzeit meines Lebens, das fünfzig Kubikzentimeter schwere Fahrzeug, das letzte Geschenk meines Großvaters, finanziert aus dem jährlichen Waldschlag, der seine Rente war. So stand es im Übergabevertrag, den der Notar Dr. Fröhlich aufgesetzt hatte. Die Honda wollte ich eigentlich nur, um im Rudel den nächsten Heimatfilm, welches unser Codewort war für das damals noch Unerhörte und Unerreichte, in einem Dreißig-Kilometer-Radius zu erreichen, also viel Auswahl an Orten, Filmen und Freunden gab es nicht. Und Heimatfilm: Wahrlich, welches Wort wäre genauer gewesen für unsere Sehnsucht, welche mit der Zukunft, welche mit der Liebe, welche mit dem Warten auf die Liebe, wie sich herausstellte, zusammenfiel. – Und dann sah ich nichts als einen illuminierten Schatten des wahren Lebens, das ich damals in den Höhepunkten der irdischen Liebe ortete. Da hätte ich genauso gut zu Lilo Pulver gehen können.

Der Taumel blieb aus. Beim Hinausgehen sah ich: Es war auch ein altes Ehepaar aus der Nachbarschaft gekommen, der Onkel und die Tante von Ehrenfried, doppelt so alt wie wir, denen das wohl peinlicher war als mir. Ja, wir sahen alle nichts. So viel wie nichts. Das war alles. Nur mit dem Unterschied, dass diese zwei, seit über zwanzig Jahren ein sogenanntes Ehepaar, dieses Nichts schon hinter sich hatten, und wir hatten es noch vor uns. Und nun war ich allein mit meiner Atemlosigkeit. Der Film kam aus Amerika und war aus den frühen fünfziger Jahren wie ich.

Meine Atemlosigkeit begleitete mich nun fast schon von Anfang an, sie war der rote Faden meines Lebens und Schreibens, ich hätte mich gar nicht erst zum Schreiben hingesetzt, wäre ich damals nicht überzeugt gewesen, dass es das letzte Buch war. Und so war es bisher immer: Ich dachte, es wäre nun das letzte Mal. Und auch das erste Mal. So fielen beim Schreiben immer das erste und das letzte Mal zusammen. Ist das nicht sonderbar? Dachte ich mir.

Und die arme Veranstalterin Gudrun-Brigitta Lutze-Wild wusste nichts von allem, und schon gar nicht von mir.

Sie kannte ja nichts von mir außer meiner Bücher, die ihr zu gefallen schienen, sonst hätte sie mich nicht eingeladen, dachte ich. Oder waren es doch nur die Titel, die Umschläge und der schöne Klappentext meines Lektors, der schon in der Vorschau zu lesen war?

Erste Sätze hatte ich als Vogelscheuchen aufgestellt aus Erbarmen mit den Menschen, denen ich mein Geschriebenes nicht zumuten wollte, eigentlich schon aus Erbarmen dem Lektor gegenüber, den ich eigentlich nicht bestrafen wollte für seine Berufsentscheidung, und nach ein paar Vogelscheuchensätzen zu Beginn, die ihm aber vielleicht noch imponierten, musste er die neunhundert Seiten bis zum Ende schaffen, ich wusste, er hatte, anders als ein Kritiker, der schon vorher alles wusste, alles sehr genau gelesen und immer wieder gestöhnt und sich vielleicht »so ein Mist!« gedacht und da und dort »Mist!« an den Rand schreiben wollen. Aber dann hatte er mich und meine Sätze doch insofern gerettet, als er das Buch als schwierig, ja, vielleicht schwierigstes Buch seines Lektorenlebens deklarierte, und mit »schwierig« meinte er »mehr als schwierig«, es war in diesem Wort vielleicht auch ein Kompliment versteckt, ein Wort, das die größten Autoren des Jahrhunderts über sich hatten ergehen lassen müssen, als müsse er mir ein Trosttor in eine von mir dann nicht mehr erlebte Zukunft öffnen, ein utopisches Tor des Erbarmens, eine Art Gat-ha-Rachamim, das es schon in Jerusalem gab.

Was für eine Spannweite es war vom ersten Vogelscheuchensatz bis zum Gat-ha-Rachamim an den Mauern von Jerusalem, ich weiß es nicht.

Doch so viel wusste ich: dass meine ersten Sätze immer als Vogelscheuchen gedacht waren, wie schon meine Buchtitel, aus Erbarmen mit den Menschen, um sie von dem für sie falschen Buch abzuhalten. Ich wollte ihnen nicht die Zeit stehlen mit mir, ich wollte ihnen mich und meine Sätze nicht zumuten. Sie sollten rechtzeitig erkennen, dass ich mit meinen Sätzen nichts war für sie.

So hatte ich es mir aus Nächstenliebe zurechtgedacht, ob angeboren oder eingeimpft, das wusste ich immer noch nicht zu sagen.

Nur das Hauptargument für den geringen Publikumszuspruch würde bei Frau Lutze-Wild fehlen: weil ich es war.

Und wie dann auch ich versuchen würde, mich für alles zu entschuldigen. Ja, für mehr als alles. Und da »mehr als alles« nicht möglich war …

Spätestens jetzt, da die untergehende Sonne es an den Tag gebracht haben würde, dass alles nichts gebracht haben würde, und dass die ganzen Anstrengungen, mich als etwas Appetitliches zu verkaufen, dass ich mich lohnte, vergebens gewesen waren …

… und ich hätte allen, die nicht gekommen waren, sagen wollen, dass sie eine gute Entscheidung getroffen hatten, an diesem Abend zu Helene Fischer zu fahren, und nicht den Fehler gemacht zu haben, den sie gemacht hätten, wären sie nicht zu Helene Fischer gefahren, sondern zu mir … Und auch die gute Frau Lutze-Wild hätte ich irgendwie trösten wollen im Augenblick, da sie in den ziemlich leeren Festsaal von Schloss Sayn hineinsehen müsste.

Und nun die Wende!

Ich sah, wie Frau Lutze-Wild in einen vollen Saal hineinblickte und wie ihr ein sogenannter Stein vom Herzen fiel. Da hatte sich Frau Lutze-Wild aber getäuscht, und wie, und ich mich am meisten. Hatte sie mich nicht auf ein halbvolles Haus – »wenn es hochkommt« – vorbereitet? Hatte sie mich nicht mit ihrem »Der Vorverkauf verlief sehr schleppend« zu Entsagungsphantasien animiert? Zu allen möglichen »Das-macht-nichts«- und »C'est-la-vie«-Sätzen?

Doch statt der leeren Reihen sah ich Menschen, die keinen Platz gefunden hatten, an der Wand stehen, und sogleich wies ich meinen Übermut im Anblick eines überfüllten Saales in die Schranken, indem ich mir sagte: Das ist bestimmt wegen der Musiker. Und ich bin das Vorprogramm oder der Rahmen. Und die Begegnung mit dem Autor, die Lesung war ja dann so, dass ich mir selbst noch während des sogenannten Gesprächs einbilden konnte, da wären sich Menschen begegnet, von denen man früher »ein Herz und eine Seele« gesagt hätte.

Sie lächelten und lachten.

Doch eine saß da, da hatte ich gleich den Verdacht, dass es ein eher böses Lächeln war.

Dabei hatte ich mir noch eine letzte Entschuldigung zurechtgedacht für den Fall, dass es wider Erwarten doch voll sein würde: Sie wären alle wegen des Ankündigungsplakats zu mir gekommen, und ich müsste nun ihre Enttäuschung aushalten.

Wenn sie mich sähen, wie ich zum Podium hinaufstiege

und ein erstes Mal lächelte. Ja, sie klatschten noch, doch das Klatschen würde ihnen in ihren Händen stecken bleiben.

Doch als an der Erkenntnis kein Weg mehr vorbeiführte, dass sie alle meinetwegen gekommen waren, stellte ich dergleichen Bedenken zurück.

Und auch der Koch und die Musiker aus der sogenannten Region – das sagten nun die Leute, die nicht mehr Provinz sagen wollten, aber immer noch Provinz meinten – hatten ein paar Bekannte zusammengetrommelt.

Und jetzt sollte eigentlich eine genaue Beschreibung des Raumes und der Menschen und der Umstände des Abends von Sayn folgen, samt Anfahrt und Rundfunkaufnahme für Pfingsten, und wie ich davor, am ersten schönen Tag des Jahres im kalten Mai, noch am Main auftankte und mir überlegte, was ich sagen wollte – doch dann kam alles wieder einmal ganz anders als gedacht.

Ich gebe es zu: Das war ein eher linkshändiger Satz.

Ich hatte mich an diesem Tag noch kein einziges Mal angeschaut im Spiegel. Ich musste noch, bevor ich mich ihnen zeigen würde, in den Spiegel schauen.

In den Telefonaten und Mails war immer nur von »Gespräch« die Rede gewesen, kein Wort von »Talk«, und auf den Plakaten hatte dann noch das verrufene Wort »Heimat« gestanden. Und »Europa«. Das eine musste nicht, das andere konnte nicht übersetzt werden: Europa war klar, wenn auch fast unmöglich. Heimat konnte Himmel und Hölle sein, je nachdem. Und Talk war klar. Heimat war der Ort, wo ich singen gelernt hatte und wo sie meine Lieder kannten. Nun konnte keiner mehr singen, denn das Singen war auch etwas Anrüchiges geworden, da, wo ich lebte, als wäre das Singen einem Menschen, der nicht in Verruf geraten wollte, nun verboten; und es gab keinen mehr, der noch meine Lieder gekannt hätte. Heimat war da, wohin ich keinen Heimwehbrief schreiben musste. Heimat war ohne Heimweh nichts. Heimat war, wo wir herkamen, und jedes einzelne Leben war die Welt und seine Sprache war seine Übersetzung, die Übersetzung der Welt von Mensch zu Mensch. Heimat gab es nicht, wohl aber überall Heimweh. Das – so hatte ich es in mein Tagebuch geschrieben – ist der Motor meines Schreibens und der rote seidene Faden meines Unterwegsseins.

So hatte ich mir das auf der Hinfahrt ausgedacht. Auf dem Hinweg, also wenn der Mensch noch ganz zuversichtlich ist, und glaubt, vielleicht sogar mit dem einen oder anderen Satz anzukommen das eine oder das andere Mal, ja, wenn nicht wo als im Herzen, das ich als Epizentrum ortete. Und dass sich erst die Herzen öffneten, und dann. Auf dem Hinweg war ich zeitweise also fast vergnügt wie jener junge Mann auf dem Nachhauseweg, heute vor vierzig Jahren, der ich gewesen war, und ich hätte singen wollen, wie schön die Welt war, einer auf dem Weg ins Glück, nur zeitversetzt um vierzig Jahre.

Ich tingelte nun schon eine Zeitlang mit allerlei schönen Plakaten, und auch mit diesem neuen Plakat, das mein Verlag hatte entwerfen lassen, aufgrund jenes Fotos, das möglichst viele zum Kauf des Buches, aber auch zu den sogenannten Lesungen locken sollte. Und hatte eigentlich nur die besten Erfahrungen mit der Werbeabteilung meines Verlags gemacht.

Nun kam noch jenes Foto hinzu, das die verschleierte Fotografin am Kilimandscharo *geschossen* hatte. Eigentlich kam sie aus Dallas, Texas, wo sie als American Citizen lebte, sie zeigte mir ihren Pass. Nebenbei: Das Wort Citizen kam mir auch ziemlich verräterisch vor, dachte ich, damit konnte ich, niemals Bürger, niemals Groß- noch Kleinbürger, nicht gemeint sein. Und schon keiner vom Land. »Citizen« bezog sich ganz auf die Stadt. Dieses Wort hatte sich durchgesetzt. Vom »Landmann« wusste keiner mehr. Genau!, dachte ich, als wollte ich mir nun schon wieder einen Reim auf »Frau« machen, auf sie, die anmutig Verschleierte, die jedes Jahr auf Pilgerschaft nach Mekka flog und mich von hinten fotografiert hatte. Und so sah ich mich auch einmal von hinten, wie ich aussah, und nicht nur im verstellbaren Spiegel, jenem Triptychon manchen Badezimmers, das die entsprechenden seitenverkehrten Bilder lieferte. Dazu als Fläche. Die zu einer Projektionsfläche werden konnte. Es war ein Kopf so rund wie ein Fußball, eine Weltkugel oder ein Apfel oder sonst etwas anregendes Rundes … flach und rund … aber nicht kugelrund … Eine Kugel sah immer noch wie ein Kreis aus, dreidimensionale Bilder waren bisher ein Unding.

Ja, es sah nach etwas aus, und die Begründung für mich selbst, dass es so aussehen konnte, lieferte ich mir selbst, indem ich mir sagte, dass dies einen anderen zeigte als mich. Irgendeinen Prototyp, der zum Kilimandscharo-Gipfel hinaufschaute, als würde er ihn gleich erobern und bezwingen und unterwerfen. Das sah man schon von hinten, dass es sich um einen solchen handelte, als wäre der Kilimandscharo eine schöne Frau. Doch es handelte sich nur um mich, um keinen anderen als um mich.

Am Ende wäre fast auch noch ich auf dieses Foto hereingefallen und wäre zu dieser Lesung gegangen, auch wegen des vielversprechenden gastronomischen Angebots aus der Region, also ich hätte »Westerwald« gesagt, aus dem der nun wirklich große Raiffeisen herkam, das konnte ich mit dem Blick auf Greta Thunberg – »first we take Manhattan and then we take New York« – heute schon sagen: der auf der ganzen Welt sein »segensreiches Wirken« ausbreiten konnte, wie unser Pfarrer noch gesagt hätte. Darauf kam ich bei meinem Faktencheck.

Immer waren es solche Menschen, die nun zu den Lesungen gingen, die Augen dafür hatten und auch Ohren. Bei denen schon das Wort »lecker« erotische Vorspielassoziationen auslöste. Und denen es außerdem ernst war mit dem Leben und der Welt, und was aus ihr wurde.

Und ich war angekündigt worden mit dem Satz: »Man darf gespannt sein.«

Denn etwas lesen aus meinem Kilimandscharo-Buch sollte ich auch noch, also musste ich ihnen schon etwas bieten, schließlich nahmen sie Eintritt, zwar weniger als zu einem Boxkampf oder sonstigen Event.

Und ich war selbstverständlich auch gerade auf der Suche nach Sätzen im Kopf, nach Antworten, und ich dachte mir schon eine Antwort auf die Frage »Gibt es in Afrika so etwas wie Heimat?« aus. Und mich vorbereiten wollen hatte ich mich auf Fragen, in deren Formulierung gewiss Wörter wie »Welt« und »Welterfahrung« steckten.

Und nun saß ich neben Frau Lutze-Wild, die mich freilich im Stehen begrüßte. Es war in einem überfüllten Saal, den ich mir immer noch nicht erklären konnte, vielleicht verwechselten sie mich doch? Oder in der Koblenzer Zeitung hatte etwas anderes gestanden, der Termin mit der berühmten Schauspielerin gestanden, einer *Tatort*-Kommissarin, die aus ihrem ersten Roman lesen wollte.

Als Frau Lutze-Wild meine Buchtitel aufzählte, lachten sie, wie bei den Schlagern von Rex Gildo, der bald von seiner Gitte verlassen worden war, aber das junge Traumpaar der Nation zu Zeiten der Fresswelle und der Caprifischer, der zwei kleinen Italiener und des weißen Mondes von Maratonga war ja nur ein Fake – ich weiß, das Wort gab es noch nicht. Ich war ja auch nur wenig mehr als ein Fake.

Nun las ich aus meinem Kilimandscharo-Manuskript den ersten Satz: »All meine Wege verschwanden einst unter dem Makadam an den hellen heißen Tagen meiner Kindheit. Makadam war ein schönes Wort, das schwarz glänzte …« Ja, so war es, und wenn ich heute darüber nachdenke, war es auch auf Sayn nicht viel anders als bei unserem Zirkus Brumbach, und das Wort »tingeln« war mittlerweile das einzig richtige.

Und ich weiß auch nicht, warum: An dieser Stelle der Geschichte fiel mir Rex Gildo ein.

Nun las ich und las, und am Ende – nach dem Schlusssatz des ganzen Buches, der zugleich der Titel desselben war: »Am siebten Tag flog ich zurück« – klatschten sie wie sonst auch. Ich konnte mir einbilden, dass dieser und jener Satz da und dort angekommen war und hängenblieb. Und dass sie eines der Bücher kauften, die schon erschienen waren und immer noch lieferbar. Wie von Frau Lutze-Wild angepriesen: »Aber es lohnt sich!« Mir war so, als müsste ich da ein »trotz allem« heraushören.

Frau Lutze-Wild sagte, sie wolle nun noch den Schriftsteller J. H. und den Verleger G. H. auf die Bühne bitten, zum Gespräch über Heimat-Europa-Welt, und dann würde sie das Gespräch auch noch für Fragen aus dem Publikum öffnen.

Die erste Frage: Der Autor wurde in Sayn nach seinem nächsten Buch gefragt ... was ich nicht gerade als gutes Zeichen deuten konnte, nach meiner Lesung. Es war eigentlich die Frage nach dem übernächsten Buch, denn das Kilimandscharo-Buch war ja noch gar nicht erschienen; dass es nicht gekauft werden konnte, war die bequemste Entschuldigung für alle, die gekommen waren und sich nach der Lesung irgendwie hinausstehlen mussten, am Büchertisch vorbei zu den Bistrotischchen. Und ich wurde nach meinen weiteren und anderen Projekten gefragt, ein Wort, das ich auch nicht leiden konnte: Das war die Lage. Ich sagte, wohl wahrheitsgemäß: »Eine Novelle über die Hinrichtung der letzten Hexe, die ... Und über den letzten Mann, der wegen widernatürlicher Unzucht verbrannt wurde ... Und einen Roman über jene, die sich im Lauf der Geschichte in den Dörfern und Städten meiner Welt das Leben genommen haben, weil › Vincent keinen hochkriegte, wenn er an Mädchen dachte«, wollte ich auch noch schreiben. Sprudelte es aus mir heraus, es war irgendwo zwischen Kopf und Kragen.

Dass es nicht zum ersten Mal gewesen war in New York und Stonewall, dass die Polizei mit Bierflaschen beworfen worden war, und auch nicht zum ersten Mal, dass ein paar Schwule verhaftet wurden. Dass ich auch schon zweimal verhaftet worden war, wenn auch versehentlich, es war schon 1978 in Budapest, auf der Elisabeth-Insel, und einmal im guten alten Hotel Rossija in Moskau, das über eine eigene Polizei und einen kleinen Kerker gleich im Empfangsbereich verfügte, wegen unerlaubter Einreise als Teil einer

Delegation der S. Fischer Stiftung. Das alles sagte ich ihnen doch nicht. Obschon ich mich meist um Kopf und Kragen redete.

Das war es doch über die Jahrhunderte gewesen, eine Leidensgenossenschaft: Dass ich darüber eine Novelle schreiben wollte, die *Romeo und Romeo auf dem Dorfe* heißen könnte, aber nicht heißen würde, behauptete ich auch noch. Und dass sie so wie Gottfried Kellers Novelle *Romeo und Julia auf dem Dorfe* ausgehen sollte, deren unmögliche Liebe auf einem Kahn den Fluss hinunter im Tod endete. So kamen wir von einem zum anderen, und ich wusste immer noch nicht, dass ich geradewegs auf den Abgrund zusteuerte.

Die zweite Frage: Eine ältere Dame wollte wissen, wie ich zu Greta Thunberg stünde und was mein Beitrag zur Energiewende sei – gerade in Anbetracht einer solchen Sieben-Tage-Reise.

Ich dachte, was wollten diese Leute eigentlich von mir?

Ich sollte aus meinem zukünftigen Buch *Ausflug zum Kilimandscharo* (der endgültige Titel stand noch nicht einmal ganz fest) lesen, das hatte ich auch brav getan und mich dabei irgendwie an jenem Tisch ganz ohne Sichtschutz verausgabt; und anschließend, war mit den Veranstaltern vereinbart, sollte ich auch noch etwas zum Thema der Westerwälder Literaturtage, die dem Thema »Heimat-Europa-Welt« gewidmet waren, sagen. Ich hatte, während ich las, mit der Illusion gelebt, meine Sätze wären in den Herzen angekommen, zumindest in diesem und jenem, auch aufgrund des über meinen ganzen Auftritt verstreuten Gelächters, das ihnen aber doch manchmal im Hals stecken blieb.

Und nun schien mir der rechte Zeitpunkt gekommen zu

sein, an diesem Abend auf Sayn, dass ich noch etwas zum Thema Energieverschwendung sagen musste. Ich begann so: Zu Hause in Berlin, sagte ich – denn Berlin machte sich nun längst wieder besser als irgendein anderer Ort in Deutschland, und wäre es jenes Nest über dem Bodensee gewesen oder meine Zuflucht unter den Eichen von Sallahn –, zu Hause, sagte ich jedenfalls, wenn ich nachts zu Fuß vom Potsdamer Platz her zwischen den schönen Scharoun-Bauten, der Philharmonie und der Bibliothek, an der Neuen Nationalgalerie von Mies van der Rohe, einer Ikone des 20. Jahrhunderts, in Richtung Potsdamer Straße gehe, und die Energieverschwendung im zehnten Jahr der Energiewende sehe ... Und dann erzählte ich ihnen, wie die ganze Nacht die Lichter brannten, auch in der Wohnung gegenüber, und auch noch, wenn ich in der Haberlandstraße das Licht ausmache – Mauer an Mauer hat sechzig Jahre vor mir Einstein gewohnt, der »im Übrigen und ursprünglich aus meiner Heimatgegend stammt!, seine Vorfahren seien ›unsere‹ Lieblingsviehhändler gewesen«, das hatte ich auch noch eingeflochten –, wenn ich also das Licht ausmachte, konnte ich noch quer über den Innenhof zu jener Penthousewohnung hin sehen, in der hoffentlich glücklichere Menschen wohnten als in meiner. Sagte ich am Ende dieses Blocks. Und schon mit so einem, dazu hoffnungslos verqueren Satz konnte ich an diesem Abend nichts mehr werden vor Menschen, die auf gehobene, aber nicht hinabziehende, eher spaßige Plauderei aus waren, es dabei durchaus problembewusst-expertenhaft haben wollten, wenn es sein musste, und vor allem zielführend sollte es sein. So wie sie es eben in der Schule gelernt hatten. Im Antwortbereich angesiedelte Erwartungen waren es, sie wollten keineswegs mit Fragen, dazu solchen, die ich ihnen nicht beantworten konnte, nach Hause gehen. Aber genau so war es: Statt zu antworten, fügte ich neue Fragen, auf die es erst recht keine Antwort gab, hinzu. Nur nicht! Solche Antworten, die Fragen sind: ein absolutes No-Go!!! Wie mir mein Coach gesagt hätte, der mir aber gar nicht zur Verfügung stand. Das war eine prinzipielle Entscheidung: meine linkshändigen Sätze oder ihre brauchbaren Erwartungen.

Um nicht gleich mit dem Zentrum beginnen zu wollen, hatte ich mir zur Klimakatastrophe, als Entrée einen kleinen Umweg über Sibirien ausgedacht, wo der Permafrostboden schmolz und wo trotzdem wie zu Hause in Berlin Tag und Nacht alle Lichter brannten und bei offenen Fenstern alle Zimmer hochgeheizt waren. – Ich schweifte, wie es meine Art war, nun noch etwas ab, aber alles im Dienst meines Eifers und nicht, »um am Ende den Faden zu verlieren«, sagte ich. Da lachten sie.

Gegenüber meiner Berliner Wohnung waren nun zwei Frauen mit mehreren Kindern eingezogen. Ab da waren die Vorhänge den ganzen Tag zu. Zu Frau Klatts Zeiten hatte die Balkontür vom ersten schönen Tag im Frühjahr an offen gestanden, und ich konnte dann das Bild über ihrem Esstisch sehen, eine Landschaft mit einem Berg in der Mitte, und ganz oben sah ich den Schnee, es war aber nicht der Schnee auf dem Kilimandscharo; und jedes Mal winkte sie herüber, wenn sie auf dem Balkon saß. Nun gab es auf dem Balkon keinen Menschen mehr, außer manchmal einem Mann in Adidas-Hosen mit tätowierten Oberarmen, der böse zu mir herüberschaute und offenbar der Mann der beiden Frauen war. Es war aber der blaue Himmel, zu dem ich aufschaute, der sich mir zeigte, wenn ich an einem schönen Tag auf meinem Balkon zu Frau Klatt hinüberschaute. Ja, diesen Mann gab es auch noch. Der Balkon von gegenüber war nun überflüssig, denn die Frauen durften ihn wohl nicht betreten … und auf die schönen Blumen von Frau Klatt mussten meine Augen nun auch verzichten.

Ich hatte also beim »Talk« auf Schloss Sayn eigentlich nur Folgendes sagen wollen: Wenn ich … fast täglich auf dem Nachhauseweg das hellerleuchtete Berlin sehe … etwa die von innen her um die Uhr hellerleuchtete Kaiser-Wilhelm-Gedächtniskirche, errichtet für Wilhelm I., der damals noch »Wilhelm der Große« hieß, nach dem einst auch der Kilimandscharo getauft war: die Kaiser-Wilhelm-Spitze … und selbst … die Staatsbibliothek …

Und ich merkte, wie meine Zuhörerinnen unruhig wurden und mich verdächtigten, den Faden verloren zu haben. Und gerade, als ich dabei war, endlich meinen Lösungsvorschlag in der Energiefrage vorzutragen: zuerst einmal weniger Energie verbrauchen, zweitens, sie effektiver einzusetzen und drittens … schrie schon eine energische Stimme, eine, wie ich sie aus den Uni-Seminaren kannte: Das ist ja das reinste weiße Altmännergeschwätz!

Ich errötete wohl, der Präsident der Bürgerschaft in Bremen hätte an dieser Stelle der Abgeordneten die Rote Karte gezeigt, und »rein« und »weiß« und dann auch noch »alt« so eng beieinander zu hören, wäre für mich nun eigentlich ein Fall für die Rassismus-Kommission gewesen. –

Ich versuchte, sie, die älter war als ich, wie ich sah, mit einem Blick zu erreichen, der etwas zwischen Enttäuschung und Unverständnis war, und vielleicht spielte sogar noch etwas mehr in meinen Blick hinein … Das war vielleicht eine wie Bernadette, die in Schulzeiten sich seitenlang in der

Schulzeitung über die Erhöhung der Brezelpreise um fünf Pfennige ereifern konnte und schon damals ihren Krieg führte. (Später ging sie in die Politik.) Ich hatte eigentlich nur meinen Gedanken zu Ende bringen wollen: dass ich im Fernsehen meterdicke hocherhitzte Heizungsrohre in Sibirien bei dreißig Grad Minus und geöffneten Fenstern gesehen hätte, weil die Hitze einfach nicht auszuhalten war …

… Und außerdem hatte ich es auf Sayn gewagt, nicht die Ungleichheit der alten und neuen Bundesländer in Geldfragen zu beklagen.

Dafür hatte ich andere Ungleichheiten ins Spiel gebracht, »auch zwischen Nord und Süd« und zwischen dir und mir … und dass zwischen den Bedingungen für Stadtmensch und Landmensch die Schere immer weiter auseinanderging, ach mein Stalltürchen! Und dann das Leben unter freiem Himmel, von dem sie vielleicht noch vom Hörensagen wussten … Ich ließ mir aber doch nicht viel mehr anmerken als ein feuerrotes Gesicht.

Und nun plädierte ich erst recht für die Abkürzung der Transportwege! Nicht nur beim Vieh unterwegs von Holland in die Türkei … Auch im Leben von hier nach dort im Leben durch den Wald mit seinen Bäumen, die – wie die Linde am Brunnen vor dem Tore – zu jener entscheidenden Abkürzung einluden … Bei diesem Gedanken hörte ich meinen Schutzengel »Bist du jetzt wahnsinnig geworden!« von innen her sagen, und ich schwenkte wieder zurück ins Leben … Und nun schlug ich vor, dass doch die Berliner wenigstens für ihren Strom selbst aufkommen sollten, und ich sagte denen, welche die Windräder so schön fanden, geradezu eine Bereicherung, und nicht für den Tod von Natur und – ausnahmsweise sagte ich: Umwelt verantwortlich –, es könnten doch, zum Beispiel, fünfhundert Meter hohe Windräder etwa im Tiergarten aufgestellt werden, der Fünfhundert-Meter-Abstand könnte spielend eingehalten werden, auch ein solches Windrad zwischen dem Bundeskanzleramt und dem Reichstag brachte ich ins Spiel … Ein einziges Riesenrad, von einem Künstler entworfen, würde genügen, das ganze Regierungsviertel mit Strom zu versorgen Tag und Nacht … sagte ich.

Da lachten sie über meine Einfälle zwischen Skylla und Charybdis. Das machte aber alles noch schlimmer.

Bald dachten einige von ihnen sich wohl bei einem wie mir das Schicksal Rex Gildos hinzu. Äußerlich verwechselt werden mit ihm konnte ich ja nicht, aber diesen Namen kannten sie wohl noch … und gewiss alle, die so alt waren wie ich oder älter: Und das war die Mehrheit in diesem Saal, auf den sich nun fast schon »Tribunal« reimte für mich.

Rex Gildo hatte einst viele Millionen Follower, das Wort gab es so zwar noch nicht, doch ich weiß noch, warum er so viele Verehrer hatte: Er war der Schönste von allen, zuerst wollten alle mit ihm ins Bett, Männer und Frauen, aber am Ende sprang er aus dem Klofenster in den Tod. Wohin schon, als in den Tod. Erst die vollen Hallen »so wie bei … « – aber ich ersparte mir die berühmten Namen von heute, ich hätte ja zugeben müssen, dass ich sie gar nicht mehr richtig kannte. Doch beim letzten Auftritt – es war beim Firmenjubiläum einer Trikotagenfirma im Hotzenwald, das, vom glanzvollen Bogenhausen aus gedacht, auch nicht gerade am Weg lag – kam Rex Gildo die letzte Erkenntnis, dass es keinen Zweck mehr hätte, sein Leben zu ändern. Dass nun der richtige Zeitpunkt gekommen wäre, es zu beenden. Die Meute hatte dafür bezahlt, sich über diesen Verrecker zu amüsieren, ihn und sein Leben auszulachen. Er sollte für die Meute *Hossa Hossa* singen, sie wollten sich amüsieren und über ihn lachen, wie es da mit einem bergab ging.

Und es befiel mich eine irrsinnige Trauer um Rex Gildo, und auch mit diesem Publikum, als wäre ich der persische Großkönig, der plötzlich weinte, denn es gab schon damals einen, der fragte »Warum weinst du?«. Und wie ihm beim Sehen des prachtvollen oder schäbigen, des kleinen oder großen Treibens auf der anderen Seite seiner Augen nichts anderes einfiel als dies: »In hundert Jahren wird keiner von ihnen noch da sein.« – Das war bei Herodot, der es zweiein-halbtausend Jahre lang geschafft hatte, seinen Namen zu ret-ten; meiner Zeit aber war es vorbehalten, dass nun Schluss war, dachte ich. Auch mit Herodot, denn wir lebten nun in digitalen Zeiten oder am Ende der Zeit von Homer her.

Ja, es war nun so langsam wieder Zeit, in Richtung Ithaka aufzubrechen …

Wie jedes Jahr um diese Zeit fuhr ich auf die Nachbar-insel, Lefkada, von der ich bisher immer zurückgekehrt war … Aber auf Schloss Sayn kam ich mir nun wie Rex Gildo auf einer seiner letzten Butterfahrten vor.

Und am Ende, also nachdem sich diese Frau gemeldet hatte, deren Beitrag in dem Satz »Das, was Sie hier zum Bes-ten gaben, ist ja das reinste weiße Altmännergeschwätz!« gipfelte, wusste ich, dass ich auch noch vor einem öffent-lichen Tribunal gelandet war. Und dass jede Lesung mittler-weile etwas war zwischen Butterfahrt, Event und Tribunal und mich erinnerte an die Zeiten der Römer in den Arenen, mit ihren Daumen nach unten. Was wusste ich schon: Woll-ten sie mich zur Rechenschaft ziehen für alles, mich auch noch für ihr möglicherweise verpfuschtes Leben zur Verantwortung ziehen? Und ich sagte ihnen, dass ich nicht der Sündenbock für ihr schlechtes Gewissen sein wollte. Und dass sie vielleicht ihren Sündenstolz noch einmal überdenken sollten. Und dass ich selbst auf dem Sterbebett noch einmal erröten würde, statt zu erblassen.

Und nun hatte ich auch noch Angst vor meinem Lektor, der diese Stelle vielleicht mit dem Wort »Blödsinn« markieren würde.

Ja, ich hatte mich im Gedanken gewiegt, es einigermaßen gut gemacht zu haben, die Lesung und auch die Antworten auf Fragen, die ich vielleicht gar nicht beantwortet hatte, die sie mir so gar nicht gestellt hatten. Meine Antworten waren nämlich gar keine Antworten, die immer ganz schnell geliefert werden sollten, sondern Fragen, die mich umtrieben, und die mir gar nicht gestellt worden waren.

Plötzlich war ich wieder einmal ganz allein. Ich war jenes Einzeltier, das keine Chance hatte.

Doch im Publikum entdeckte ich Menschen, die nun genauso ratlos in die Welt schauten wie ich. Sie wurden nun meine Zuflucht. Bis dahin war dieses verfluchte Ich des Irrglaubens gewesen, es wäre ganz gut angekommen … Es wurde ja auch gelacht, wie immer. Wenn auch, wie meist, an der falschen Stelle. Den meisten gefiel es vielleicht sogar. Aber sie hatten nicht den Mut, sich zu melden, sie waren wie ich, nur vielleicht nicht ganz so schlimm, dachte ich.

Eine einzige Querulantin und ein einziger Querulant genügten oftmals, dass es Folgen fürs Leben gab. Das merkte ich erst mit der sogenannten Wortmeldung und der Frage nach Greta. Da wurde ich zur Rede gestellt, warum ich nichts zu den ertrinkenden Flüchtlingen zu sagen hätte. Und nichts zur Klimakatastrophe. Ich konnte nur sagen: Es steht in meinem Buch, ich habe es nicht vorgelesen. Hat mit der Weltgeschichte der Sklaverei zu tun … dem Kapitalismus, in seiner globalen Form und Auswirkung. Ich sei zu einem Gespräch über »Heimat Europa?« hierherbestellt worden. Es sollte doch ein Gespräch über Heimat sein? Hatte ich über etwas anderes gesprochen als über die Heimatlosigkeit und die weltweiten Fluchten? Und jede war ein Leben. Die wussten doch auch nicht mehr als ich?

Das war meine Summa, ganz zuletzt, angekommen bei den letzten Sätzen meines Ausflugs zum Kilimandscharo …

Und ich vernahm wieder einmal das Schwergewicht des Negativen, wie auch sonst auf der Welt, wo ein einziger Mensch genügte, die Welt zu zerstören. Nicht aber, sie zu retten, es sei denn, man glaubte daran.

Dass sie alle so alt geworden waren wie ich oder noch älter, war auch nicht meine Schuld. Als hätten sie sich von mir Ideen für die Zukunft erhofft, einen Fortschritt, oder wenigstens ein paar erste Schritte für einen Weg aus ihrem Schlamassel in Altblond.

Sie hatten mich wohl verwechselt. Mit einem anderen.

Vielleicht mit dem sympathischen Reeder, der die Superyacht gebaut hatte, die ich möglicherweise bald wieder auf ihrem Weg von Skorpios nach Ithaka sehen würde.

Des Pudels Kern von Sayn: Ich war ein Einzelner, der nicht viel mehr sagen konnte als »ich weiß es auch nicht«. Zur Flüchtlingskatastrophe und zur Klimakatastrophe und zu allen Katastrophen, die mich zweifellos quälten und die Welt in Frage stellten. Solange es einen Wehretat in Höhe von fünfzig Milliarden Euro gab und geben musste, stimmte etwas mit den Menschen, auch in diesem Lande, nicht.

Aber statt dies am Ende, in der Hoffnung auf einen spontanen Beifall, geschickt zu platzieren, hatte ich nur etwas schräg, vielleicht sogar ein wenig verträumt »Heimat ist der Ort, wo ich singen gelernt habe und wo man meine Lieder kennt« gesagt. Ich dachte, auf dem Land verstünde man diesen Satz noch. Oder gehörte der Westerwald nicht mehr zum Land?

Und dann hatte ich auch noch das alte Wort »der Tod« in den Mund genommen. Das kam wohl bei diesen Friedwaldurnenaspiranten auch nicht gut an.

Was das Schlimmste war ... einige sagten, der Tod, andere das Leben. Jetzt – da sie in einer Zeit lebten, die es weder mit dem Leben noch mit dem Tod zu tun haben wollte – waren es die Klimaleugner. Zu denen ich ja keineswegs gehörte, jetzt aber sollte ich doch ihr Sündenbock sein, weil ich in den vergangenen fünfzig Jahren nichts getan hatte, um das Klima zu retten. Ich war nun zu jenem bösen alten weißen Mann geworden, der für alles verantwortlich war und seine Schuld leugnete.

Was tun? Die Arbeit einstellen, die Bau- und Schreibarbeiten, denn baute nicht auch ich an etwas? Oder gleich das Leben?

So viel wusste ich von mir: Ein Klimaleugner war ich nicht. Kam ich nicht aus dem Herzen der Welt? Hatte ich nicht meine ersten zwanzig Jahre unter freiem Himmel verbracht, entlang der Jahreszeiten? Hatte ich nicht aus nächster Nähe gesehen, wie der Mensch kam und ging, und so alles, was lebte? Hatte ich nicht mit eigenen Augen gesehen, wie meine Welt am Untergehen war?

Hatte ich nicht ein Recht auf meine Angst? Aber warum musste ich nun »unsere Angst« sagen? Und auf die Frage nach dem Schlimmsten: Schon darauf gab es keine eine Antwort. Bisher hätte der Mensch, wäre er nach so etwas gefragt worden, »der Tod« gesagt. Oder, wäre es einer gewesen, der gerade dabei war, gegen den nächstbesten Betonpfosten zu fahren, »das Leben«.

Ich dürfe alles sagen. Sagten sie. Und dass ich es so sagen durfte, wie ich es konnte, und das hieß doch nur so viel, dass auch ich keine Worte fand, jedenfalls nicht die richtigen, und dass es und alles sprachverschlagend war.

Das Tribunal schien meinen beiden Gesprächspartnern weniger anzuhaben als mir. Sie schienen stabiler zu sein und ruhten, wie ein Meditationskünstler oder Meditationskünstlercoach gesagt hätte: in sich selbst.

So langsam dämmerte mir, dass jene, die mich zur Rechenschaft für alles ziehen wollten, eigentlich nur darüber enttäuscht waren, dass zu ihnen in den Westerwald, wo sie lange genug die Atomraketen aushalten mussten, nur ich gekommen war, und dass es nicht Greta Thunberg war.

Dass ich nicht Greta Thunberg war: Das war schon fast die Summe möglicher Erkenntnis und Enttäuschung. Anders konnte ich mir diesen Abend nicht erklären.

Ja, hatte ich denn … Hatte ich kein Recht auf meine Angst mehr? Durfte ich nicht mehr »meine Angst« sagen und von meiner Angst und meinen Ängsten sprechen? Doch hier war es so, dass die Mehrzahl weniger war als die Einzahl.

Die Ängste konnten weggeredet werden.

Die Angst nicht, und schon gar nicht meine.

Doch hatte ich nicht ein Recht auf meine Angst und meine Furcht vor diesen Menschen, welche sich hinter »unsere Angst« zu verstecken suchten?

Und ich hatte es gewagt, die Allmacht des Menschen zu bezweifeln, und hatte, keineswegs die Erkenntnisse der Wissenschaft bestreitend, gesagt, dass eine Katastrophe eine Katastrophe war.

Und mit einem Mal kam mir das Schulschwänzen von Greta wie ein lächerlicher Zwergenaufstand vor, wie die Bedingung seiner Möglichkeit.

Wenn das Kennzeichen einer edlen Seele ihr schlechtes Gewissen war, dann war ich auch eine edle Seele. Und wenn nun zu Hause ein Liter Wasser mehr kostete als ein Liter Milch, stimmte auch da etwas nicht, dachte ich.

Und ich sprach von unserer kollektiven Schizophrenie. Von unseren demokratischen Rüstungsexporten. Sie wurden noch vor kurzem im Geheimkabinett beschlossen. Kein Mensch erfuhr davon, als schämten sie sich doch etwas und wüssten, dass es nicht recht war, Waffen gegen Geld zu liefern. Ja, als hätten selbst noch die glühendsten Vertreter der freien Marktwirtschaft ein Restbewusstsein für das gehabt, worum es geht. Und was von den Menschen dann ausgehalten werden musste, von den Menschen, die doch gerade auch heute aus aller Welt vor den Waffen und Lebensbedingungen zu uns flohen, die wir – ich sagte ausnahmsweise: »wir Exportweltmeister« – ihnen geliefert hatten. Ob wir denn alle so schizophren seien, dass wir keinen Zusammenhang herstellten zwischen unserer Gier und unseren Exporten, unseren Waffen und unseren Flüchtlingen? Ja, schwere Waffen gingen in alle Welt, der Profit war gigantisch. Und die Folgen entsprechend.

Galt denn »Einen Menschen töten, heißt nicht, eine Doktrin verteidigen, sondern einen Menschen töten« nicht mehr? Wie es der Pionier der Menschenrechte, Sebastian

Castellio, gegen den Religionswahn des Johannes Calvin gesagt hatte. Konnte man mit Gelächter, Kopfnicken und Kopfschütteln über den Satz »Waffen gegen den Krieg sind wie Schnaps gegen den Alkoholismus« hinwegfahren?

In einer solchen Welt lebte ich. Was für ein Exportweltmeisterstolz, Sündenstolz, Weltrettungs-Größenwahn: Da stimmt immer noch etwas nicht! Hatte ich zu sagen gewagt. Und war vielleicht schon bei den 63 Prozent der Einwohner dieses Landes, die glaubten, die freie Rede und Meinungsäußerung sei nicht mehr gegeben.

Aber die Klimakatastrophe hatte ich bis dahin nicht erwähnt!

Wer wäre ich gewesen, sie auch nur in Zweifel zu ziehen oder nicht an sie zu glauben.

Es meldete sich auch ein Ehepaar, das aber, im Gegensatz zu mir, auf dem Kilimandscharo gewesen und deswegen zu meiner Lesung gekommen war, im Glauben, wir hätten eine Gemeinsamkeit mehr; diese Frau und dieser Mann schienen aus einem anderen Grund enttäuscht zu sein von mir als die anderen. Sie wollten wissen, warum ich nicht oben gewesen war. Und dann erzählte der Mann ausführlich, wie einfach und schön alles gewesen sei. Aber das vor langer Zeit, als es noch andere Wörter gab für das Entsetzen und die Angst vor dem Tod. Damals waren es Wörter wie »Existenz«, »Die Atombombe« und »Ende der Welt«. Nun waren es »Die Klimakatastrophe«, »ökologischer Fußabdruck« und »Flugscham«. Und dann sah ich sie insgeheim den Kopf schütteln bei meiner Antwort: Dass mir meist das Sehen genügte und dass ich nicht auf der Welt herumtrampeln wollte mit meinen Füßen. War nicht jede Besteigung ein Akt der

Eroberung?, fragte ich zurück. Mit dieser zweideutigen Frage ließ ich die Armen im Raum stehen.

Und doch. Ach, meine Reisen, als wäre ich nun auch mitverantwortlich dafür, dass ich zum Beispiel ins vergessene Ruhrgebiet gefahren war, auf Einladung von »Rettet den Urwald!«, einer Bürgerinitiative. Und: Ja, es war immer noch das alte Schwarz-Weiß, nur galt jetzt Schwarz als das neue Weiß. Es war die alte Verlogenheit. Der Selbsthass dieser Leute schien im Verlauf des Abends noch gewachsen zu sein. Und den gab es auch auf dem Land, in dessen Mitte ja das Schloss Sayn stand. Dieser Selbsthass der zurückgebliebenen Ureinwohner des Westerwaldes kam ja noch zum Hass und zur traditionellen Verachtung der Landmenschen von der Stadtseite hinzu, vor allem der sogenannten Bauern, mit denen das Vorurteil den Menschen identifizierte, jeden, der nicht in ihrer Stadt lebte.

Die Bauern sollten für alles und besonders für die Klimakatastrophe verantwortlich gemacht werden, seit Adam und Eva und ihren missglückten Kindern Kain und Abel, der eine Hirt, der andere Bauer. Ich dachte aber eher, dass es vor allem der Mensch war, der sich nun »Verbraucher« nannte. Wo waren eigentlich die Mütter und die Töchter geblieben? Alle zusammen wurden indes in unseren Weltgegenden seit Luther aufs Wortmächtigste gebrandmarkt, verurteilt und von da bis heute mit dem Landmenschen identifiziert.

Ja, es gab damals gewiss auch Bauern auf dem Land, aber die meisten waren wohl nicht viel mehr als Menschen, die es per Geburt auf das Land verschlagen hatte, wo sie ihr oftmals elendes Leben aushalten mussten bis zum Ende, ohne auch nur ein einziges Mal das Meer gesehen zu haben. Es wäre denn auf dem Weg nach Amerika gewesen, aus Hunger, oder auf dem Weg an die Front. Beides meist erzwungen, manchmal auch scheinbar freiwillig … Und auch in diesem aufgewühlten Land gab es immer noch Bauern, wohl auch im Westerwald, ich wusste es nicht. Aber einen in jedem Dorf dürfte es schon noch gegeben haben, die anderen hatten aufgegeben oder waren von der Agrarindustrie und Aldi zum Aufgeben gezwungen worden und zur Anpassung an die sogenannten Preise. Die Bauern, ausgerechnet die Schwächsten in der Verbrauchskette, sollten für alles verantwortlich sein, für das Bienensterben, das Artensterben, das Baumsterben und alles, was ich liebte, der ich kein Baum war, sondern ein Mensch, der Bäume, Bienen und Menschen über alles liebte.

Nun sollten die Bauern auch noch für die Rodungen im brasilianischen Urwald verantwortlich gemacht werden, statt das globale Profitdenken. Und auch noch für den Waffenexport verantwortlich gemacht werden, damit der renitente Amazonas-Urwaldmensch in Schach gehalten werden konnte. Für das ganze unbezweifelbare Elend auf der Welt, von Corona bis Krieg, von den Dürren bis zu den Überschwemmungen bis hin zum Bienensterben und zur Klimakatastrophe, überall sollte es der Mensch sein, der da nichts als lebte, der Mensch auf dem Land, dessen Leben doch zu nicht viel mehr geworden war als zu einem Überlebensversuch.

Am meisten schmerzte mich vielleicht das Wort »Flüchtlinge«. So hatte ich es sagen wollen. Frau Lutze-Wild hatte inzwischen schon mehrfach versucht, mir mit ihrem Finger auf der Armbanduhr ein Zeichen zu geben … Und dann kam ich noch mit Max Frisch. Ich hatte Angst, ihnen die Zeit zu stehlen. Ich gebe es zu: Mit meiner Linkshändigkeit im Kopf konnte ich ihrer und seiner Souveränität nicht gewachsen sein.

Hatte nicht Max Frisch einst höchst erfolgreich seinen Satz lanciert, dass Gastarbeiter bestellt worden wären, und dass Menschen kamen? Was für eine altmodische Frage … Das Wort »Menschen« in Zeiten, als dieses Wort längst durch »Verbraucher« ersetzt war? Ein Satz, der schon als Aufsatzthema auf meinem ersten Schreibtisch gelandet war, und das war an meiner Schule, in unserem Klassenzimmer, das sich auch in einem Schloss befand, das noch größer war als Schloss Sayn. Über Frisch hatte ich einen sogenannten Besinnungsaufsatz schreiben müssen. Auch über Brecht und seinen Aufsatz gegen einen von den Kriegsfreunden aller Zeiten gerne zitierten Vers von Horaz: »Dulce et decorum est / pro patria mori« (»es ist süß und ehrenvoll, fürs Vaterland zu sterben«). Das war mitten im Ersten Weltkrieg, der mit Wilhelms »Auf! Zu den Waffen! Gott will es!« einen beispiellosen Kriegs- und Waffentaumel ausgelöst hatte, im Glauben für das Gute und die Freiheit und die Menschheit zu kämpfen. Ach, die Waffen … Nur Gott war in der Zwischenzeit weggestrichen. Mittlerweile gab es auch solche Idealisten, die umweltfreundliche Waffen forderten und Präzisionsdrohnen, damit es möglichst wenig Verluste gab? Und über Ortega y Gasset, der damals die jungen Leute aufrütteln wollte mit seinem »Seid Sand, nicht Öl im Getriebe der Gesellschaft und Zeit!« hatte ich ja auch einmal einen Besinnungsaufsatz geschrieben. Es war ja nur ein paar Jahre nach dem Krieg; und die Einführung des Euro war an diesem Abend auf Sayn länger her als das Ende des Zweiten Weltkriegs an meinem ersten Schultag. Vielleicht hatten die Jungen von einst, die jetzt als Alte von heute vor mir saßen, auch einmal Besinnungsaufsätze schreiben müssen, so wie ich.

Von wem sonst hätte ich denn ausgehen sollen als von mir? War das die Frage eines heillosen Egoisten? – Nun dachte ich, dass Max Frisch heute sein Beispiel mit den »Gastarbeitern« durch »Bauern« und »Menschen« ersetzen müsste. Bauern gab es immer noch ein paar, Gastarbeiter nicht mehr, aber Millionen von Flüchtlingen, die vor den Waffen geflohen waren, die wir ihnen geliefert hatten. Ausnahmsweise sagte ich noch einmal »wir«.

Und die Flüchtlinge waren jene Menschen, die heute zu uns kamen. Und wahrscheinlich hätte Frisch das Wort »Gastarbeiter« nicht durch »Flüchtlinge«, sondern durch »Migranten« ersetzt. Dass es sich um Menschen handelte, die vor jenen Waffen geflohen waren, die wir ihnen geliefert hatten: Das hatte ich ihnen sagen wollen. Das hätten sie vielleicht noch akzeptiert. Aber ich machte mit anderen Sätzen weiter, die ich meinem diffusen Don-Quichotte-Hirnspeicher entnahm, sagte ein paar Mal zu viel »ich« statt »wir«. »Wir« war ein Wort, hinter dem wir uns, in dem wir uns alle verstecken konnten und untergehen. Es glückte mir nicht, das Publikum mit gefälligen Sätzen zu einem Schlussapplaus zu animieren, was ein Talkshow-Coach schon in der ersten Unterrichtsstunde seinem jeweiligen Alphatier beibrachte, wie man es machen sollte.

»Das ist doch eine kollektive Schizophrenie unserer Gesellschaft!« Sagte ich.

»Altmänner-Geschwätz!«, hörte ich. Und nun?

Ich war der Erste, der in seinem Rückspiegel einen Rückspiegelschmerz über sein Leben empfand, und dass es nicht so geworden war, wie ich mir vorgenommen oder auch nur erträumt hatte. Ja, wenn es um mein Leben ging, war ich der Erste von jenen, die von mir enttäuscht waren. Und es konnte der Natur gemäß gar nicht anders sein, dass ich der Enttäuschteste von allen war, die von mir enttäuscht waren.

Ach, diese Frau konnte nichts dafür, dass sie mich nicht mochte. Und auch nichts dafür, dass ich sie nicht mochte. Oder?

Hatte ich nicht ein Recht auf meine Angst?

Durfte ich nicht mehr »meine Angst« sagen?

Musste ich nun »unsere Angst« sagen?

War mir nicht auch von den Schlossherren des Abends freies Geleit zugesichert worden?

Hatte ich auch kein Recht auf meine Angst vor Greta?

Das Wort »Angst« war zu groß für mich. »Wenn du es begriffen hast, ist es nicht Angst.« So variierte ich einen Gedanken von Augustinus. Nur, dass ich an die Stelle von »Gott« »Angst« setzte.

Meine Angst kippte in meine Furcht um. Vor diesen Menschen.

Und in die Nähe der Klimaleugner gerückt zu werden und ein »alter weißer Mann« zu sein am Pranger, der »die Öffentlichkeit« hieß. Ich war nichts als ein Einzelner, der von der Mehrheit in Frage gestellt wurde, zur Rede gestellt, als hätten sie ein Recht darauf.

Das waren Menschen, die leben wollten, das ehrte sie, dass sie nicht so verzweifelt waren wie ich. Und immer noch voller Kampfgeist, als sollte auch so Darwins »Survival of the Fittest« bestätigt werden.

Und nun nahm ich Zuflucht zu Sätzen wie: »Das Schöne kann nicht verstanden werden. Es wird geliebt. Und jede Liebe beginnt mit einem Blick.«

Solche Sätze waren meine Strohhalme. Und das Wort »Strohhalm« gefiel mir wahrlich. »Sie müssen verstehen: Mein Ich ist Don-Quichotte-artig.« … Sagte ich.

Und schon wieder schlich sich so etwas wie Hoffnung ein, diese grausame Hoffnung, dieser Hoffnungsschmerz, der aus mir auch kein Ganzes machte. Ja, wäre es eigentlich nicht erst recht zum Verzweifeln gewesen, weil ich auch jetzt noch Hoffnung hatte?

So übermütig konnte nur ein Verzweifelter sein.

Und von Gott konnte auch nur ein Kind wissen, dass er lieb war. Und dann noch diese und jene Heilige. Aber da der Mensch naturgemäß kein Heiliger war …

Und doch: Dann und wann setzte auch ich, der schon von seiner Mutter manches Mal eingeschlafen mit betenden Händen erwischt worden war, all meine Hoffnung auf ihn und es, wie auf etwas, das es immer gab und nie.

Als letzten Lichtblick hatte ich nun noch meine Aussicht auf die Insel Ithaka, also wie jedes Jahr ein paar Wochen als vertuschte Freitisch-Existenz, und wenn ich von dort von meinem Schreibtisch aufblickte, wo ich vielleicht doch weiterschreiben würde, wenn es nun auch für umsonst wäre, sah ich nichts als Ithaka im Meer liegen.

Wo ich über alles mit Ithaka-Blick ein Buch schreiben wollte, mein Buch, über dies und alles, über sie alle und mich auch; und ich war nun schon so weit im Leben vorangeschritten, dass dies keiner von ihnen mehr als Drohung empfunden hätte. Selbst die gelegentliche Nebenbemerkung, dass jeder Tag in meinem Tagebuch landete, hätte ihnen gar nichts ausgemacht, als wären meine Bücher mein Grab, mein Bauch, mein Meer, in dem alles verschwand. So log ich vor mich hin und glaubte es auch noch. Als wäre ich der Erste, der auf meine Lügen hereinfiel. Doch nun?

War Schreiben eine Bluterkrankheit? Fehlte das Gerinnungselement des Vergessens? War Schreiben nicht das Übersetzen von Schmerz in Sprache?

War der Schmerz meine Quelle?

Ja, nun sah ich etwas, das einem Rückspiegelschmerz glich.

Und einem Rückspiegelglück. Ich sah schon wieder Ithaka im Meer liegen.

Auf der anderen Seite meiner Augen. Im Rückspiegel meines Duster, der Name passte zu mir.

Ich musste dringend mit Karin sprechen. Ach, Karinissima! Wie ich mit einem Mal zum weißen alten Mann gemacht worden war, wohl, um mich zu degradieren auf die Schlussgerade hin. Es war ein Tribunal.

Ich blutete, also war ich. Das hätte – allerdings im Präsens – mein Schlusssatz sein müssen.

Frau Lutze-Wild brachte mich dann zum Taxi und sagte mir, dass es halb so schlimm gewesen sei. Mit diesem Halbsatz versuchte sie, mir einen Rückreisetrost mit auf den Weg zu geben. Sie lud mich aber nicht zu den nächsten Westerwälder Literaturtagen ein, was mir ein Beweis gewesen wäre für die Glaubwürdigkeit ihrer Trostworte. (Und tatsächlich: Ich wurde auch nie mehr eingeladen.) Übernachtet habe ich in jenem Westerwälder Bergsteigerhotel, welches das deutsche Zentrum des Tischtennis war. Und von dort wurde ich von einem liebenswürdigen Mann, dem das, was ich erlebt hatte, unendlich leidtat, wie er sagte, am anderen Morgen – der Tag, einst Christi Himmelfahrt, nannte sich nun Vatertag –

zum Bahnhof gefahren. Und auch mir tat er leid, der noch ganz anderes erlebt und auszuhalten hatte bis zu dem Augenblick, als er mir seine Geschichte erzählte. Es wäre mir aber zu traurig gewesen, für diese Geschichte nur einen Satz zu haben.

Es war dieses Mal der ICE-Bahnhof von Limburg, der weit außerhalb hoch über der Stadt hingestellt worden war. So fuhr ich zurück, und kurz vor Frankfurt fiel mir ein, was mir Frau Fink gesagt hatte: »Wissen Sie« – ich damals noch nicht per Du mit ihr – »mein junger Freund, es ist ein Unterschied, ob Sie nachher im Porsche weinen oder in der Straßenbahn.«

Und so war es nun bei mir: Ich hätte weinen können, weil es in einem ICE war.

Und noch einen Unterschied zu den Porsche- und den Straßenbahnfahrern auf dem Weg zurück gab es bei mir: Ich weinte nicht. Meine Angst ließ keine Tränen zu. Sagen wir: Sie ließ noch keine Tränen zu. Ich stand vielleicht unter Schock, das war noch so eine gedankenlose Redensart aus der Welt der Medizintechnik.

Wie schon auf dem Hinweg kam mir nun erst recht auf dem Heimweg – war das der Weg, auf dem es erst recht zu spät war? – noch einiges, was ich hätte sagen können, sagen wollen, ja sagen müssen: Kommen Sie doch auch auf die Bühne, dann sind wir komplett, dann haben wir noch ein altes weißes Weib dabei.

Nebenbei dachte ich nun: Was machte Greta eigentlich gegen die Atomkraftwerke zu Hause, in ihrem Land, das auch weiterhin auf Atomkraft zur Rettung des Klimas hoffte? (Ich wusste noch nicht, dass auch sie auf die Atomkraft setzte, was später zu ihrem Fall führte, wenigstens in dem Land, in dem sie ihre größten Triumphe feierte.) Da und anderswo hatte sie nicht so viel Anklang wie in Berlin oder am Bodensee, der auch nur eine wohlgeformte Ausbuchtung des Rheins war. Dieser See im Herzen Europas verdankte sich der letzten Klimakatastrophe vor Greta Thunberg, der Erwärmung nach der letzten Eiszeit, die man den damaligen Menschen und Tieren nicht anlasten konnte, oder doch? Und als vom Bodensee noch nichts zu sehen war unter jenem kilometerdicken Eispanzer waren die Maler der Höhlen von Lascaux schon Jahrtausende lang tot. Die letzten Reste, genannt Gletscher, verschwanden nun, und auch dies konnten wir gemeinsam bei Instagram verfolgen, wir, eine weltweite Community von Followern.

So kam mir auf dem Rückweg eines zum anderen, und dabei war es mehr, als mir recht sein konnte. »Erinnerung, zweite Gegenwart.« Und ich schaute zum Fenster hinaus auf die vorbeifliegende ICE-Welt, und es kamen mir im Nachhinein Antworten auf Fragen, die mir keiner gestellt hatte. Und was einem wie mir noch alles einfiel, wenn er auf dem Rückweg von hier nach dort war. Doch das Erste, was ich dann zu meiner draußen auf der Terrasse wartenden Freundin Karin gesagt hätte, wäre »Ich widerrufe alles!« gewesen.

Ich hatte gesagt: »Heimat ist Welt. Erste Welt. Und da sind wir heute gleich bei der Heimatlosigkeit und dem Heimweh. Ich kann mir das Wort gar nicht mehr denken ohne das Gegenwort Heimatlosigkeit zu denken. Dabei denke ich nicht an mich, der kein Heimweh haben muss, wenigstens nicht das gewöhnliche, sondern an die Millionen von Menschen, die ihre Heimat verloren haben.« Ich dachte an die Flüchtlinge, an die Millionen.

Dass es keine Heimat gab, wohl aber Heimweh.

Doch das war ihnen nicht genug und passte nicht ins Format.

Ach, bestand ich nur aus Wiederholungen?

Ich kam vom Land. Von da, wo die Experten und Entscheidungsträger nicht lebten.

Sätze und Fragmente von Antworten hatte ich mir also schon auf dem Hinweg ausgedacht, aber sie fielen mir erst jetzt ein, da es zu spät war, die ICE-Trasse entlang, welche das Gesicht der Erde zwischen Frankfurt und Köln auch für immer geschändet hatte, was die Meisten, die da ökologisch gerecht herumfuhren, auch nicht wussten, oder es war ihnen, sagen wir, »scheißegal«. Ich dachte nicht einmal daran, dieses Wort in meine möglichen Antworten einzubauen.

Die Milchstraße kreuzte sich nur noch erinnerungsweise in meinem Kopf mit der Dorfstraße. Von der Schwarzwaldtannenschwermut wüsste ich bald auch nichts mehr. Es war in den Tagen, da 1,5 Erden nötig gewesen wären, um *eine* zu retten, das erklärten die Statistiker, und eine Nachrichtenstimme las es herunter.

Damals, einst, als Winter noch ein Wort mit Eisblumen am Fenster war, hatte ich immer wieder für eine kurze Lust auf dem Gaumen an unserem großen Tisch das frohgemut erwartungsvolle Krähen, diesen Gesang der jungen Hähne geopfert, die ein halbes Jahr lang vor meinen Augen gewachsen waren und auf Weltexkursion in meinem Baumgarten unterwegs. Wie sollte ein Mensch, der nicht mit dem Hahnenkrähen am Morgen aufgewacht war, davon eine Ahnung haben.

Der Produktionsweg war kurz, vom Krähen und Zeugen vor meinen Augen in die Bratpfanne. Und zu meinem

Mund brauchte es damals nicht einmal einen Kühlschrank, und schon gar kein Dreisternefach.

Es war nämlich ein junger Mann, der da bei uns auf dem Tisch lag, in dessen Fleisch ich nun kannibalisch hineinbiss, ich hatte ihn so erwartungsvoll krähen, nein singen hören, es war Musik, sehnsüchtiger ging es nicht. Einst, als ich mit der Welt noch auf Augenhöhe war, und mit dem Himmel per Du. Immerhin hatte es dieses Kind Gottes auf unseren großen Esstisch geschafft, an dem ich saß, ich, zwischen Vater und Großvater, dem Ersten und dem Zweiten Weltkrieg. Wir waren dankbare Esser, wussten noch ein Tischgebet, und an meinen ersten Tisch hatte mein Großvater aus England die Wörter »hunger and thirst«, meine ersten Fremdwörter mitgebracht. Immerhin also war es ein Leben unter freiem Himmel, bis es so weit war. Ganz anders als in den industriellen Produktionsstätten, in den Tierfabriken, die ein Leben zwischen anonymem Käfig und automatischem Köpfungslaufband bescherten. Das war das Leben eines Huhns, das auch noch Eier legen sollte bis zum schnellen Ende.

Hähnchen gab es praktisch keine mehr, keine Sänger, die wurden unmittelbar, nachdem sie von einer kundigen Hand ausgesondert waren, in den Schredder geworfen. Oder ins Feuer. Und wurden in jedem Fall zu »Bioenergie« verwandelt, noch ein Wort, das einem Menschen hätte doch das Herz zerreißen müssen.

Und solange dies Recht und Gesetz war, wollte ich eigentlich in diesem Lande nicht mehr leben. Aber wohin hätte ich fliegen oder fliehen sollen? Diese Frage gab es auch noch, auch wenn ich damit riskierte, bei den Zynikern als nicht satisfaktionsfähig eingestuft zu werden.

Auch an schönnamigen Orten wie Montabaur und Hadamar war ich vorbeigefahren. Letzteren kannte ich aus dem Euthanasieprogramm.

Wie man vielleicht da und dort das verrufene Wort »Heimat« verstand, in jener Gegend, wohin unsere Schwalben flogen, und von wo sie mit etwas Fahrtglück und Rückenwind zurückkamen. Und was sich diese Schwalben eigentlich dachten, so etwas auf sich zu nehmen. Und dann irgendeinen der Hinwege nicht zu schaffen. Es konnte auch auf dem Rückweg sein. Irgendwo unten zu landen oder in den Krallen eines fliegenden Raubtiers oder in den Fängen der Windkraftmonster. Heimat! Deine Sterne sah der Mensch schon lange nicht mehr von seinem Penthouse aus. Und doch! Was wäre die Welt ohne jenen Trost und jene Hoffnung, die im Wort »A Dieu« aufgehoben ist.

Das hatte ich ihnen sagen wollen. Und dann sahen sie mich.

Die Frau hatte mich als alten Idioten und idiotischen Alten beschimpft.

Wahrscheinlich hatte sie recht.

Altmännergeschwätz, sagte sie.

Ich hörte sie schon fragen, ob ich bedauerte, in meinem Leben alles falsch gemacht zu haben ... Sie war vielleicht zehn Jahre älter als ich, aber wahrscheinlich gehörte sie schon mit sechs zu jenen, die sich auf eine Obstkiste stellten und »alle mal herhören!« riefen. Wahrscheinlich war sie auch in der Schule eine von jenen, die immer als Erste die Arbeiten abgaben.

Und ich?

Zu Beginn hatte es noch geheißen: »Wir sind glücklich, dass Sie bei uns sind.«

So übermütig konnte nur ein Verzweifelter sein.

Und schon war ich fast wieder obenauf wie ein RTL-II-Auswanderer bei der Idee, einen Imbiss in der dritten Reihe von El Arenal bei Palma de Mallorca zu eröffnen.

Immerhin war meine Sechstagereise zum Kilimandscharo auch eine logistische Leistung und ein weiter Weg gewesen. Das meiste an dieser Reise verdankte ich anderen, ich hatte mich nur auf den Weg machen müssen und dann, wenn es hochkam, eine Woche meines Lebens dafür geopfert und riskiert, dass ich mithalf, die Klimakatastrophe zu beschleunigen. Mit den von mir verursachten Emissionen würde auch ich die Ökobilanz und das Weltklima verschlechtern. Da war schon bei meiner ersten Samenzelle doch auch ganz schön viel Power im Spiel. Eine Entschuldigung dafür konnte ich nicht vorweisen. Doch mir fiel ein Satz ein, der vielleicht, wenn schon nicht die Rettung, so doch ein kleiner Rettungsanker in Satzform war: Mach dich nicht so groß, du bist nicht so klein.

Mein Schreiben sollte von nun an erst recht nichts mehr sein als eine einzige Folge von Vogelscheuchensätzen. Und schon dieses Wort ließ mein Rechtschreibprogramm nicht durchgehen, du beleidigte Leberwurst! Hatte ich lange nicht gehört, wie gerne von Kindern an den Kopf geworfen. Kinder waren unbestreitbar jene, die mir einst noch die Zunge herausstreckten und den Vogel zeigten, aber auch glaubhaft versichern konnten, dass ich und kein anderer ihr bester Freund war, und zwar »auf der ganzen Welt!«.

Seither hatte ich so etwas derart Glaubhaftes nie mehr gehört.

Piano piano auf meinem Rückweg von Sayn nach Tuttlingen, an diesem Tag meiner Himmelfahrt, sah ich schon … waren es weiße Mäuse? Ich lebte in einer Welt voller Mausefallen. Und ich war kein anderer als jener, der immerhin wusste, wie man Mausefallen aufstellt, und dies auch getan hatte. Und hoffte, dass die Mäuse klüger waren als ich Fallensteller und noch lebten, wenn ich heute Abend zu Hause wäre. Dieser Gedanke bescherte mir ein kleines Zwischenhoch. Dass ich das Leben dem Töten vorzog, als wäre ich wie jene Frau, die das lebensrettende Medikament vor den Pflegern versteckte, weil sie diese von einem Mord abhalten wollte. Denn sie hielt Medikamente für Gift. Auch in meinem Kopf ging es wohl etwas schizophren zu. Es kamen mir nun Sätze des Wohlgefallens aus dem Mund abgedankter Schönheiten in den Sinn, die sich einst vielleicht gedacht hatten, dass das Schönste noch käme und sich das Glück einen Weg bahnte in ihnen.

Sie nahmen mir übel, dass ich nicht Greta Thunberg war ...

Und für die anderen, war es Helene Fischer, die sie mir vorgezogen hätten, im Glauben, den Berg zu besteigen wäre das Paradies. Und ich dachte schon, dass ich möglicherweise falsch programmiert war. Mir genügte das Sehen, als wäre ich doch ein nichtsiger, nichtsnutziger Voyeur, der sich mit dem Sehen zufriedengab und die Welt nicht voranbrachte. Der sich mit dieser atemraubenden Aussicht auf den Kilimandscharo zufriedengegeben hatte. Der sich damit zufriedengab, die Stelle gefunden zu haben, an der Fritz Lang das Bild gemalt hatte, was zum Ausgangspunkt meiner Reise geworden war, das heißt: erst eine Skizze in seinen Malblock, und zu Hause hatte er dann nichts anderes mehr gemacht, als sich ein Leben lang malend zu erinnern und zu übersetzen.

Dass die Sklavenhändler jetzt Menschenschleuser genannt würden. Hatte ich in Sayn gesagt. Denn Sklaven und

Sklavenhalter gäbe es offiziell schon lange nicht mehr. Sie hießen nun Leiharbeiter und Investoren. Gut, es gab den IS – und schon lief der Prozess in Düsseldorf gegen jene Deutsche, die zum IS geflohen war, und nun war sie angeklagt wegen Sklavenhalterei …

In demokratischen Breiten sprach man von Korruption. Die gab es freilich auch bei uns, nur hieß sie nicht mehr so. Wir sagten dazu: Netzwerke.

… Ach, mit solchen Sätzen konnte ich auf Schloss Sayn nichts werden.

Bald wäre auch wieder der sogenannte Erdüberlastungstag. Ich wusste noch nichts von diesem Tag, der in diesem Jahr zum ersten Mal gefeiert wurde, aber so viel wusste ich: dass dieses Wort keine Zukunft hatte.

Und ich hätte niemals gedacht, dass mich der Regen zum Singen bringen würde, so sehr freute mich es, die Farben deutlicher zu sehen, und dass ich heute zum letzten Mal in diesem Jahr das Gedicht *Juli-Schwermut* hätte aufsagen können. Auch wenn der Juli erst noch käme.

Und dann: Wie andächtig der sonst so freche Morgenmoderator in meinem täglichen Deutschlandfunk kurz vor sieben den Ausführungen des Zinsexperten von der EZB lauschte. Kein Wort passte besser als »andächtig«. Die Geldpolitik der EU und ein Experte. – Wäre es aber ein sogenannter Geistesmensch gewesen oder auch nur ein Politiker oder eine Politikerin, oder ein Schriftsteller, den die Waffenexporte nicht glücklicher machten, dann hätte der Zeitgeistvirtuose des Nachrichtensenders angriffslustig ständig unterbrochen und wie ein Kampfhund keine Ruhe gegeben, bis, nun ja, Sie wissen es schon, das zum Abschuss freigegebene Objekt niedergemacht wäre, ob es nun Andrea Nahles war oder Annegret Kramp-Karrenbauer – nebenbei: Was waren das für Namen! »Ich fange gleich gar nicht damit an, Ihnen mit jenen Wegzehrungskapiteln aus *Masse und Macht* zu kommen.« So führte ich meine Selbstgespräche, meine Diskurse in der hauseigenen Datenbank. Ich dachte nun: Vielleicht hatten sie ja recht. Mit so einem wie mir, Sie wissen, wie der Satz weitergeht. Sie wissen es doch selbst … dachte ich.

Doch mein ökologischer Fußabdruck, die Ökobilanz meines bisherigen Lebens, machte sich gar nicht so schlecht, oder? Im Winter wurden unsere Schlafkammern nicht geheizt; dafür gab es Eisblumen am Fenster.

Das hätte ich ihnen sagen sollen. Und das Folgende auch noch: Ich aß immer den ganzen Teller auf, mochte die Leute, die den Teller nicht leer aßen überhaupt nicht, lehnte die Ananas aus Costa Rica ab und wies die Leute zurecht, die bei Rot über die Ampel gingen, und verachtete die SUV-Kapitäninnen wie früher die Geländewagenfahrer die Elbuferstraße entlang.

Zwar war ich schon mehrfach in Amerika gewesen, Nord und Süd und auch Mittel, und auch in Afrika, in Asien, und selbst in der Altweibermühle von Tripsdrill, eigentlich überall …

Und noch auf der Hinfahrt im Zug hatte ich versucht, mich vorzubereiten auf das, was mich sonst noch an Menschen und Fragen erwarten würde, wie es der Profi machte.

Und ich hatte bei dem zu erwartenden Kreuzverhör, zu dem der sogenannte Talk geworden war, auch versucht, mich zum Vegetarier hin zu entwickeln. Damit wäre ich nun aber, wo es auf Sayn gewiss kein Schinkenbrötchen mehr geben würde, schon wieder einmal heillos retro, und würde zurechtgewiesen vom geschulten Personal, die Brötchen seien nicht vegetarisch, sondern vegan.

Anders als sie behaupteten: Das meiste wussten sie noch nicht, doch nicht, wüssten sie nie.

Mich unterschied dies von den anderen, dass es mir zwar nicht egal war und dass ich es ohnehin nicht verstanden hätte, aber dass sie noch nicht einmal die Wörter »Geheimnis« und »Rätsel« zu unterscheiden wussten und die Welt mit einem Rätsel verwechselten …

So viel Ferne, so viele schnelle Antworten, so viel Lichtjahrdistanz schaffte ich nicht. Den Unterschied von Rätsel und Geheimnis begriff ich jedoch, nein: Er leuchtete mir ein.

Du verstehst … Mit dieser Schlussbemerkung »Du verstehst« endeten oftmals die Sätze mitten im Wald. Die Gescheitesten sagten gerne »Das verstehe ich nicht!«, gerade am sogenannten Erdüberlastungstag. Und später hätte Frau Lutze-Wild sehr freundlich, doch dringend dazwischengerufen: Wir müssen so langsam zum Ende kommen! Und ich dachte vielleicht schon an meine Leserinnen. Doch mein Kopf gab immer noch keine Ruhe auf dem Weg nach Tuttlingen, der Welthauptstadt von Kannitverstan. Dabei war ich noch nicht einmal Ffm Hbf.

Außer der Tatsache, dass ich so langsam in mein Leben als Freitisch-Existenz hineingewachsen war, musste ich mir auf dem Weg nach Tuttlingen natürlich auch noch sagen: Du bist nicht gerade finanzfrisch! Ja, ich war mittlerweile alles andere als »finanzfrisch« … Das war das Mindeste, was ich von mir sagen konnte. Und dieser Satz stieg nun aus dem Grund meiner Missbefindlichkeit auf. Doch wie in alten Zeiten, die ich überwunden glaubte, sagte ich mir nun: »Wahrscheinlich wird es dir nicht einmal für die Sterbewäsche reichen.« Und ich hatte ja mittlerweile mehrfach die Gelegenheit gehabt, bei der Auswahl der Sterbewäsche mitzuentscheiden. Der Unterschied von einst und jetzt war nur: Aus mir war mittlerweile ein alter weißer Mann geworden, also einer, der im Lauf von ein paar lumpigen Jahren fast schon am Ende angekommen war.

Was sollte schließlich aus so einem wie mir schon werden, der die letzte mit einem Strohhalm halb ausgetrunkene Fanta-Classic-Flasche seines Vaters für den Rest seines Lebens in seinem Kühlschrank stehen ließ?

»Time is the echo of an axe / Within a wood«, sagte Philip Larkin.

Eigentlich war jeder Schritt in die richtige Richtung mit Applaus bedacht worden. Schon von den Windeln an. Ja, es war auch ein Ja zum Leben, und meinen Ammen war keine Windel zu viel. Doch das am Ende eines Lebens oftmals gehörte »es ist alles aus« und »es ist alles gut« waren von Anfang an fast schon ein Paar.

Und jetzt? »In welche Himmelsrichtung willst du dich verirren?« …

Keine Aussicht, dass ich zu Lebzeiten noch einmal aus dieser – selbstverschuldeten! – Schuldenfalle herauskommen würde. Allein, weil ich zu dumm war für das Leben kurz nach der Jahrtausendwende und ihr digitales Glänzen? Dass ich als Analphabet und ohne Führerschein durch die neue Zeit unterwegs war, verband mich mit den Vielen, die auf der Strecke geblieben waren seit Anbeginn des irdischen Treibens, und so wäre es bis zuletzt, dass die Täter über ihre

Opfer triumphierten. Dass sie eines Tages sterben würden, war mir auch kein Trost, so gestrickt war ich nicht.

Wäre das nun ein Fall für den Europäischen Gerichtshof für Menschenrechte gewesen? Oder eher für *Verstehen Sie Spaß*?

Freilich selbstverschuldet ... Es war ein unmoralisches Treiben, mein Leben zwischen Schufafalle und Freitisch-Existenz im Dunstkreis von Milliardärinnen und Milliardären.

Vor dem Hauptbahnhof in Frankfurt am Main begegnete ich dann jenem jungen Obdachlosen, der »meine Mama« sagte: Das war vielleicht das Herzzerreißendste, was ich aus Sayn mitgebracht hatte, ich.

Und ich fuhr weiter.

Ich saß nun die letzte Strecke in dem IC genannten und fast immer überfüllten Regionalzug, der Gäubahn, die zwischen Stuttgart und Tuttlingen verkehrte. Kurz vor Oberndorf am Neckar war sie zum Stillstand gekommen, die Gäubahn, die einzige Bahnlinie, welche Stuttgart mit Zürich und Konstanz verband im Land der Autobauer; und wegen des Milliardengrabs eines Neubaus des Stuttgarter Hauptbahnhofs war nun kein Geld mehr da für eine Sanierung der Gäubahn. (Noch ein Stadt-Land-Thema ...)

Bald kam eine Durchsage, ob ein arabischer Übersetzer im Zug sei. Ich dachte schon an das Schlimmste. Aber was war das denn: das Schlimmste in diesem Sommer? War es ein Terroranschlag oder die Klimakatastrophe?

Als mir einfiel, dass Oberndorf ja die Stadt von Heckler & Koch war, und für die Waffennarren aus aller Welt ein Mekka, wurde mir ziemlich mulmig, und ich dachte an einen Mann, der sich in jenem Sommer über die Balkan-route hatte retten können und nun mit einem Messer in diesem Zug gelandet war.

Von hier waren die Waffen ja auch in jene Gebiete gegangen, aus denen, durch diese Waffen vertrieben, die Menschen nun zu uns flohen, da hatten sich auch IS-Leute und Salafisten hineingeschmuggelt. Vielleicht war es auch nur ein unglücklicher Mensch, der mit dem Leben hier nicht zurechtkam, noch weniger als dieser und jener Obdachlose vor Ort … Vielleicht war es aber ein »Personenschaden«; und ein desorientierter Flüchtling war es, der sich vor den Zug geschmissen hatte, wie jener Mensch, damals in meinen jungen Jahren in Freiburg, mit dem ich bis dahin per Du gewesen war. Einer der zwei Männer, die einst mit einer Rose vor meiner Haustür standen.

Ach, den Glauben an das Paradies teilte ich vielleicht immer noch mit diesem und jenem Terroristen, wenn ich bei Paradies auch eher an die Ewige Ruhe und das Ewige Licht denken mochte und nicht an den Siebten Himmel. Aus dem war ich schon zu Lebzeiten immer wieder mit einem Kater zurückgekehrt.

Doch am Ende dieses Tages wollte ich nicht auch noch auf diese Weise ins Jenseits befördert werden …

Es kam nach langen Minuten eine weitere, ziemlich aufgeregte Durchsage, es seien nun keine Dolmetscher mehr nötig, sie sollten alle auf ihren Plätzen bleiben. Und wir auch. Das machte meine Psycholage nur noch schlimmer. – Doch die anderen schienen sich nicht aufzuregen und spielten auf ihren iPhones, die für die meisten von uns nun das Lieblingsspielzeug geworden waren, weiter. Nur ich … Als wir schon fast eine Stunde auf freier Strecke standen und nach der Durchsage, wir sollten auf unserem Platz bleiben, keine weitere Information aus dem Lautsprecher gekommen war, begannen sie doch zu murren. Nun konnten wir ein Martinshorn hören, und ich sah, wie eine Bahre herbeigetragen wurde. Ich sah Männer in Schutzanzügen. Und nun begann einer schon von Schadensersatz zu maulen, wegen der zwei Stunden Zeitverlust und all der Anschlüsse. Es gab aber auch Menschen, die beteten nun ein Stoßgebet, dass die Verletzten davonkämen und die Toten in den Himmel.

Dann, nach einer Stunde, las der Zugführer eine Entschuldigung vom Blatt. Bald hörte ich das Wort »Personenschaden«. Wer da zu Schaden gekommen war? Ein junger Syrer oder seine Mutter oder sonst ein verirrter Mensch, der es nicht mehr ausgehalten hatte inmitten von uns als Randfigur?

Ich habe es nie erfahren. Und ich betete ein *Requiem aeternam* für diesen unbekannten Menschen, auf den der Zug zugefahren war, in dem ich saß.

Und dann erreichte ich schließlich Tuttlingen, die Stadt von Kannitverstan, wo mein Auto stand. Und fast schon war es wieder einmal, wie jedes Jahr gegen die Sommersonnenwende hin, zu spät, um sich »aus diesem Jahr wird nichts« zu sagen. Und außerdem: Wie recht doch Frau Fink wieder einmal hatte, die mir vor langer Zeit noch hatte beibringen wollen, dass es ein Unterschied war, »ob Sie in der Straßenbahn weinen oder im Porsche« ... wenn es schon das Ende sein muss ... bei mir war es meine Dacia, zu der ich »weißt du noch?« sagte – oder auch die Gäubahn.

An Rottweil vorbei sah ich, aus dem Zugfenster nach links schauend ... jenen neuen Turm von Siemens, der die Fallgeschwindigkeiten für Aufzüge im Experiment prüfen sollte, er gefiel mir, und ich dachte, auch bald einmal hinaufzufahren. Und an den Rückweg vom Turm hatte ich freilich auch gedacht, ob ich unten nur »einfach« nehmen sollte, und die Dame – falls es noch eine Dame am Schalter gab – fragen, ob ich auch nur hinauffahren könne. Die mich als schlaue Schwäbin sogleich durchschaut und gedacht hätte, dass ich einen letzten Abkürzungsversuch machen wolle. Doch über meine Träume kam ich fast nie hinaus. Fast so, als hätte ich Träume und Albträume gar nicht unterscheiden können. Und auch diesen Traum hatte es immer wieder gegeben in meinem Nachtkopf: Ich träumte, dass ich im Traum den Traum vergessen hatte.

Und nun gut, das waren Irrwischgedanken, angestellt von einem, der schon als Kind … bei SPAR war und dort bei Herrn Zeller Rabattmarken kaufen wollte … Das war eines seiner Sammelobjekte, Rabattmarken, neben Madonnen, als Briefmarken, und beim Zergehenlassen des Wortes »Briefmarke« in meinem Mund erschrak ich wieder einmal über Wort und Sprache.

Und auch darüber, dass ich einen Mund hatte, mit dem ich essen und sprechen und zubeißen konnte und so fort, erschrak ich immer wieder einmal.

Nun hatte ich aber eine Mordswut, weil mir der Mut fehlte, nein zu sagen, ja, nein zu sagen zum Ja.

Mittlerweile war ich von Mercedes auf Dacia umgestiegen, immerhin, das war mein erster Schritt auf meinem Weg zum autofreien Leben, das ich dann beginnen wollte, nein: konnte, wenn die Bahnstrecke Radolfzell am Bodensee – Sigmaringen an der Donau wiedereröffnet wäre, vielleicht erlebte ich es ja noch.

Meine Dacia: Es war ein kleiner Schritt für die Menschheit, aber ein großer für mich. Und doch: Kein Satz wäre mir nun näher gewesen als dieser: Ich habe Angst. Und ich weiß es auch nicht, wie es weitergehen soll. Wenn schon nicht für mich, so doch für die anderen, das wäre mein Herzenswunsch gewesen. Ich aber hätte mit einer tatsächlichen, herrschenden Welt rechnen müssen, die über das Wort »Herzenswunsch« den Kopf geschüttelt hätte, der »ich verstehe es nicht« »keine Option« war und ein mangelnder Glaube an den global-digitalen Fortschritt etwas Suboptimales. Welches das zeitgenössische Mogelwort für »schlecht« war.

Mein Strohhalm war nun die Aussicht auf Ithaka.

Ich lebte ganz in der Nähe des Weltzentrums der Medizintechnik und der Stadt von Kannitverstan, was sind heute schon dreißig Kilometer! Heute brauchte es, bis ich am nächsten Bahnhof war, eine Stunde. Sie könnten mittlerweile Ihr Ticket aus dem Automaten kommen lassen, das manchmal so viel kostete, dass es, mit etwas Last-Minute-Glück, auch nach Hurghada gereicht hätte. Wo Sie schneller gewesen wären als von Tuttlingen aus in Traben-Trarbach. Ein Digital-Analphabet dürften Sie aber nicht sein. Und wenn der Schalter geschlossen war, und Sie wären doch in den Zug gestiegen, hätte man Sie als Schwarzfahrer bestraft, denn wer zu spät kommt, den bestraft das Leben. Tuttlingen war die Stadt von Kannitverstan und Weltzentrum der Medizintechnik, mit Instrumenten für den OP-Tisch und zukünftige Eingriffe mit dem Seziermesser in der Pathologie, von der die ganze Stadt und Gegend lebte. In aller Welt, selbst in Afrika, war der Mensch weg von den chinesischen, indischen und afrikanischen Messern zu jenen aus Tuttlingen geflüchtet.

Oft hatte ich mein Auto am Bahnhof stehen lassen.

Zu Fuß zu diesem nächsten Bahnhof wäre ich wohl über zwölf Stunden unterwegs gewesen, mit entsprechendem Gepäck vielleicht sogar noch etwas mehr. (Ich hätte nur bei Google nachschauen müssen.) Gibt es denn bei Ihnen gar keine Nahverkehrsverbindung? Fragten solche in ihren Sprachschablonen, die nicht wussten, wie es war, hinter dem Mond zu leben, und wenn sie es wussten, war es ihnen so etwas von egal, ich sage es Ihnen, so dass sich das Präfix »scheiß« restlos erübrigte. Da erübrigte es sich auch für mich, zu sagen, dass es einmal am Tag den Schulbus gebe, um sieben Uhr morgens. Und der würde auch Reisende in die Stadt Meßkirch mitnehmen, die zwar ohne Bahnhof sei, dafür aber mit Busverbindung, so dass Sie in einer weiteren Fahrt Tuttlingen erreichen könnten. Und mit etwas Glück schafften Sie es in einem Tag von Ihrem Dorf in die zweihundert Kilometer entfernte Landeshauptstadt Stuttgart. Aber nicht zurück.

Nein, das, eine Einbindung in den Nahverkehr, gab es nicht, aber es gab einen neuen Rassismus von Stadt und Land, der sich mir in solchen Fragen offenbarte. Und überdies: Nahverkehr war mittlerweile zu einem Codewort für Schmutzfinken geworden. Das Wort »Schmutzfink« verdankte ich Jean Paul, die dazugehörende Sache vielleicht einer genetischen Aberration, wie die Rassenkundler gesagt hätten, die sich nun umgetauft hatten zu Humangenetikern. Sie arbeiteten alle bei ihren Hirn-Operationen mit den Werkzeugen aus der Stadt Tuttlingen-Kannitverstan.

Angekommen in Tuttlingen, ging ich die mühselige Unterführung entlang mit den auftrumpfenden Werbenachrichten aus der Weltmarktführerbranche in Medical Technology … und ob ich mich niedersetzen sollte und weinen. Oder etwas anderes tun …

Freilich gab es auch Menschen, die mein gedankenloses Treiben durchs Leben als unmoralisch bezeichnet hätten, darunter vielleicht sogar ich am meisten, und dass ich nun den Preis zahlen musste. Doch was sollte schließlich aus so einem wie mir schon werden, der die letzte, mit einem Strohhalm halb ausgetrunkene Fanta-Classic-Flasche seines Vaters für den Rest seines Lebens in seinem Kühlschrank stehen ließ?

Es war nun schon bald dunkel, und ich stand in der hintersten Ecke des nicht ausgeleuchteten DB-Parkplatzes vis-à-vis der Weltzentrale von Aesculap … an einem Himmelfahrtsabend nach zehn, als ich mich mit meinem Autoschlüssel zu meiner Dacia aufmachte.

Wenn es schon Tuttlingen sein musste, dann wenigstens an einem Sommerabend, denn »frieren möchte ich nicht auch noch!« sagte eine kälteerfahrene Frau einst zu mir. Als wäre ich zum Kältepol in ihrem Leben geworden, weil ich sie nicht so lieben konnte wie sie mich. Dagegen meine Dacia, die nun auf diesem Areal auf mich wartete: Sie hatte mich seit Beginn unseres gemeinsamen Lebens, es war schon fast eine Liebesbeziehung geworden, noch nie im Stich gelassen. Und noch kein einziges Mal enttäuscht. Aber jetzt gab sie kein Lebenszeichen auf meine kleine Handbewegung hin, gab mir kein Zeichen der Freude beim Wiedersehen, zurück aus Sayn.

Froh kehrt der Schiffer heim an den stillen Strom, und es war ja in meinem Fall die Donau, und es war aus Sayn. Der Akku war leer. Akku leer, Batterie leer.

Als hätten jene recht, die sagten: Es gibt keine Zufälle. Als ich bei meiner Dacia ankam. Ich brauchte wieder einmal eine Starthilfe ins Leben, damit ich in meine Straße einfädeln konnte. Erstens: mein Anruf beim ADAC. Ich musste in München anrufen, um eine Hilfe in Tuttlingen zu bekommen.

… Ich benötige eine Sta-arthi-ilfe … stotterte ich.

Dass es Tuttlingen war, wusste ich. Sagte ich aber nicht, diese ungehaltene Sächsin an meinem Handy, das bald seinen Geist aufgeben sollte, bekam es auch so mit. Und wo mein Auto stand, wusste ich auch. Auf dem DB-Parkplatz, sagte ich … Es ist ziemlich dunkel, sagte ich … Sie hatte den Namen Tuttlingen, der Weltzentrale der Medizintechnik und von Kannitverstan, noch nie gehört. Dabei waren all ihre »a« mehr ein »o«:

»Loden Se sich ne Äbb heründer!«

So ungefähr hörte es sich in meinen Ohren an. Ich zitterte schon. Und gleich würde mein Akku leer sein. Oder war wegen meiner Aufregung auch etwas zu schnell …

Und ich hörte noch ihr Fragezeichen hinter ihrem »Chrösti Hümmlfohrt?«, so hörte es sich jedenfalls in meinen Ohren an.

»Die Odeozeh-Nümmer.«

» … Habe ich nicht dabei.«

»Wöss!?«

Deswegen rufe ich Sie ja an, weil es sich bei mir um einen Notfall handelt!

So etwas kommt doch vor, dass der Akku bald leer ist, dass ich die ADAC-Plus-Karte vergessen habe, dass es Abend ist, Feiertag, Christi Himmelfahrt, und ich außerdem kein Bargeld bei mir habe, nur eine EC-Karte der Sparkasse. Das sei ja gerade so üblich bei einem Notfall, dass oftmals mehreres zusammenkomme.

Nun wollte sie die Postleitzahl von Tuttlingen, das ich ihr buchstabieren sollte, wissen.

»Weiß ich nicht.«

»Und die Stroße.«

»Weiß ich nicht.«

Ich konnte ihr nur sagen, dass ich irgendwo ganz hinten auf dem DB-Parkplatz von Tuttlingen stand, das heißt: mein Auto, und ich irgendwie daneben.

Ja, Sachsen war ich von Onkel Erich an in meinem Leben nie gewachsen. Das war nicht als Reim gedacht. Sie hielt mich für den Trottel, der ich wohl war.

»Kenn Se nüsch sogn, wu Se sünd?«

Sie müssen doch sagen können, wo Sie sind!

… »Die Stroße!!!«

… »Dann frogen Se!!!«

… »Dann loden Se ne Äbb rünter!«

Ich wusste ja nicht einmal, was eine App war, und weiß es immer noch nicht. Ich konnte freilich auch kein Sächsisch, doch so hörte es sich an in meinen Ohren, wie in jenen Zeiten, als ich hilflos in der Warteschlange stand mit meinem Auto, um von einem Grenzbeamten an der innerdeutschen Todesgrenze unweit von Coburg in der Deutschen Demokratischen Republik in Empfang genommen zu werden. Ich hatte schon den Verdacht, dass ich von ihr für die Ablehnung von Pegida im Westen bestraft werden sollte. Für meinen westlichen Hochmut. Da hatte sie wieder einmal einen solchen Idioten aus dem Westen, der nicht wusste, wo es langging, aber herrschen wollte.

Das Auto hatte ich öffnen können mit einem alten Schlüssel, der noch nach dem mechanischen Prinzip arbeitete, zum Glück. Aber dann brachte ich es nicht mehr zu, und ich konnte mein ganzes Gepäck nicht einfach stehen lassen, um die zweihundert Meter zum Bahnhofseingang zurückzugehen, um zunächst einmal eine Steckdose für mein Handy zu finden, damit ich über den ADAC einen Gelben Engel herbeirufen könnte.

Und das Gespräch war weg, Akku leer. Ich machte mich auf zum Bahnhof. Und schleppte meine Rimowa-Koffer über den Kies – bei dem größeren fehlte eine der vier Rollen, so dass ich ihn tragen musste – zurück ins Hauptgebäude. Das war schon fast alles, was sich sagen ließ. Und mehr gab es im Bahnhof von Tuttlingen um diese Zeit nicht: eine Spielhölle und einen Chinesen. Den Chinesen … lernte ich aber nur in der Erscheinungsform seiner Frau kennen.

Ich fragte sie, ob ich eine der drei Steckdosen haben könnte, um meinen Akku zu füllen, damit ich den ADAC anrufen könne, um eine Starthilfe zu bekommen … Vielleicht war ich zu ungeschickt und verhaspelte mich. Und auch sie zählte mich sofort zu jenen, die nicht zählen, die in ihrem geschäftigen Leben nichts als ein Verkehrshindernis sind.

Es waren drei Steckdosen … die ich neben ihr und jenem zweifelhaften Loch, durch das ihre nummerierten Speisen von unsichtbarer Hand geschoben wurden, entdeckte. Nein, sagte sie. Sie habe zu tun, und ich solle verschwinden, und sie machte eine Wischbewegung wie beim Wegputzen eines besonders lästigen und hartnäckigen Belages, und verschwand hinter ihrer Schwingtür wie das Biest aus dem *Denver Clan* im Aufzug.

Das letzte Mal, dass ich einen flüchtigen Blick in eine

chinesische Küche werfen konnte, war bei meinem letzten Besuch in London vor vierzig Jahren gewesen. Ich sah, wie der Mann einen halbvollen Teller in jenen großen Suppenbottich zurückschüttete. Na dann, guten Appetit.

Sie schickte mich weg. So war es. Zumindest mit mir an diesem Abend in diesem Lokal im Bahnhof von Tuttlingen, meiner Welthauptstadt von Kannitverstan.

Auch die Spielhöllenbesitzerin von nebenan schickte mich weg.

Ich musste wohl eine wenig gewinnende Erscheinung gewesen oder geworden sein. Wenn nicht jene junge Säuferin gewesen wäre, die in einer Ecke der Spielhölle vor einem Glücksautomaten saß. Sie hörte mich und sah mich dann. Dachte sich vielleicht: Noch so einer? … der auf dem Weg nach unten war … Sie stand auf und brachte mich wortlos zu jener Steckdose, die an der Seite eines Sitzsteins in der Vorhalle für mich unsichtbar verankert war. So etwas wusste sie. Vielleicht war sie eine Obdachlose, die wusste, wo die Steckdosen für das Aufladekabel waren. Doch damit konnte sie auch nicht Miss Universum werden. Ich wünsche ihr ein schönes Leben, etwas dazu beitragen konnte ich nicht, denn das kam hinzu, dass ich keinerlei Bargeld bei mir hatte. Sie hatte mich aber auch nicht gefragt oder mir ein Zeichen in diese Richtung gegeben, dass sie etwas Futter brauchte für ihre Slot Machine. –

Nun setzte ich mich auf diese Bank – wohl aus Plastik – und wartete eine Viertelstunde, bis das Gerät so weit war, um noch einmal mit dem ADAC telefonieren zu können. Wieder war es mit München, wo ich auch schon einmal zwei Jahre lang gelebt hatte, und ich hätte nicht sagen können, welche Stadt mir weniger gefallen hatte und wo ich unglücklicher gewesen war in meinem Leben als in der Stadt mit der Feldherrnhalle und all ihrem Glänzen und Leuchten. Doch dieses Mal kam die Rettung aus München: Es war der Mann vom ADAC, dem ich meine Geschichte gar nicht erst erzählen musste und meine Rettung nicht erbetteln. Er sagte mir: »Der Gelbe Engel findet Sie. Er kommt aus Tuttlingen und ist in fünf Minuten da.« Er wisse, wo in Tuttlingen der Bahnhof sei. Ich liebte ihn für diese Sätze der Rettung und war schon wieder dabei, meinen Glauben an die Menschen doch nicht ganz aufzugeben.

Der zweite Engel war nun der Mann von ADAC. Und da fuhr der Gelbe Engel schon herbei.

In einer Sekunde hörte ich meine Dacia wieder, ihren Motor, ihr Herz schlagen.

Und dann, in einem Glücksanfall, sagte ich dem Engel, ich wolle ihm etwas geben. Hatte aber nur noch etwas mehr als fünfzig Cent in meiner Tasche. Solche Tage gab es ja, wo es der Mensch einfach nicht schaffte, nicht einmal zum nächsten Bankomaten.

Als Erstes zum Sparkassenautomaten … und ich hoffte, dass er funktionierte, und vielleicht noch etwas mehr: dass das System mich akzeptierte und ich nicht blamiert wäre vor dem Gelben Engel, der noch Zeuge wäre, dass ich wohl nicht ganz finanzfrisch war. Denn ich hatte in meinem übermütig-anfallartig über mich gekommenen Augenblicksglück darauf bestanden, dass er hinter mir herfahre zur Hauptniederlassung der guten Tuttlinger Sparkasse, »denn ich kenne den Bankdirektor Herrn Broda« – das sagte ich aber nicht. Und außerdem gab es ja gar keine Direktoren mehr, sondern Vorstände, und Herr Broda war ja auch nicht mehr im Amt, und außerdem hätte er mir um diese Tageszeit, es war nun bald Mitternacht an einem Feiertagabend, auch nicht mehr weiterhelfen können.

Der Bankomat reagierte positiv auf meine Kreditkarte. Als wär's ein Stück von mir. Auf dem letzten Stück meiner Fahrt von Sayn nach Hause, im Auto zwischen Neuhausen ob Eck und den Keltengräbern in Fahrtrichtung links, kam mir nun noch ein letzter Engel an diesem Tag via Radio hinzu. Er half mir mit einem Satz weiter: Es war Doris Lessing. »Schriftsteller werden geboren, nicht gemacht«, sagte sie. Dieser Satz tröstete mich über mein Leben und Schreiben hinweg und erklärte auch einem wie mir einen wie ich. Und tröstete mich auch über Sayn. Und Doris Lessing bewies mir, dass es auch nach Tuttlingen Sätze geben konnte, die die Kraft hatten, zu retten. Und ich fürchtete nun auch, dass mein schöner Satz »Wenn es schon keine Menschen fürs Leben gibt, so gibt es doch Sätze« nicht ganz stimmte. Denn Doris Lessing war in diesem Augenblick beides zugleich. Da hatte ich mich aber wieder einmal ganz schön in das Leben einer großen Frau hineingeschwindelt! Ja, ich hatte sie vor ein paar Jahren beim Empfang der Nobelpreismeldung mit ihren Plastiktaschen zurück vom Supermarkt auf ihren Treppenstufen sitzen gesehen. In ihren Taschen und Büchern ihr ganzes Leben. Und jetzt wieder.

Nun dachte ich, dass es sich bei mir vielleicht doch nur um nichts anderes als um einen alten Egoisten handelte, der es trotz der glänzenden Ausgangslage als Sieger des ersten Augenblicks – wenn ich an meine erste Samenzelle dachte – und trotz der Tatsache, dass er es doch ganz schön weit gebracht hatte im darwinistischen Leistungsvergleich, schließlich doch nicht ganz geschafft hatte. Und alles hing vom Wort »ganz« ab. »Will er sich nun auch noch als Märtyrer aufspielen?«, hörte ich schon Inge fragen. Das konnte schon sein. Märtyrer waren auch Egoisten, sonst hätten sie leicht sagen können: »Ich glaube nicht. Ich schwöre meinem Glauben ab. What shall's!«, und dem Kaiser opfern. Ja, ich war als Egoist eher ein Märtyrer als ein Zyniker, etwas anderes als ein machtbewusster Zyniker und Durchblicker. So viel wenigstens konnte ich von mir sagen. Wahrscheinlich war ich von allem das Gegenteil. Musste ich mir nach »Sayn« sagen. Also ein Fall für die Couch.

Als Märtyrer war doch der Schriftsteller, den ich meinte, ein stellvertretender Egoist. Das hatte ich in Sayn zu sagen auch vergessen. Als Verteidiger meines Lebens, als mein Advocatus Diaboli. Ja, ich war ein Egoist, auch ich. Aber einer, der sich erbarmte. Einer aus Erbarmen. Das war sogar noch mehr als Mitleid, das auch eine egoistische Regung sein konnte, die aber meist folgenlos blieb wie die Tränen, die vergossen wurden von Menschen, die am Bildschirm den Leichenzug von Prinzessin Diana verfolgt hatten.

Die Welt war ihm, dem Schriftsteller, den ich meinte, nicht egal.

Das unterschied ihn vom Zyniker. Die gab es ja auch unter den Schriftstellern.

Noch eine Tatsache aus der Welt meines Kannitverstan aus Tuttlingen.

Zu Hause angekommen, an meinem Dorfrand ... Da sah ich: Provinz gab es nicht. Es gab nur Welt, die jeden Tag weniger wurde. Mich erinnerte das an Afrika, die Dörfer, die mit Kilimandscharo-Blick lebten. »Und dann und wann ein Elefant.« Da, wo ich nun meist lebte, war einst auch jedes Haus am Dorfrand, und die Augen gingen in die Welt über.

Nun war das Ganze ein Joint Venture aus Neubaugebieten und Umgehungsstraßen, aus Baggerseen und Internet-Surfern, aus zu Eingeborenen und zu Ureinwohnern gewordenen Randfiguren, die nicht einmal richtig Deutsch konnten, über deren Köpfe hinweg anderswo bestimmt wurde.

Und noch etwas: Ich war ohne Laptop unterwegs gewesen, und auf meinem Handy konnte ich keinen Spam lesen: Und nun wusste ich auch nicht, warum ich gerade jetzt so viele Angebote aus dem »Altersgerecht«-Segment fand.

Als steckten sie alle mit Sayn unter einer Decke …

Mir ein Tattoo stechen zu lassen von meiner Geliebten: Das war jedenfalls nicht darunter. Es waren mir Angebote von Treppenliften und Hörgeräten und Augen-OPs und dem Ende meiner Brillen- und Kontaktlinsen-Existenz geschickt worden. Auch Tamara hatte sich wieder unverlangt gemeldet. Mails, die es geschafft hatten, meinen Sicherheitswall – es war Krieg! – zu durchbrechen, hatte es von Anfang an gegeben, solche, die ich immer wieder in den Spam verfrachten musste. Sie kamen als Hauptnachrichten in mein Leben hineingeschneit. Doch immer ging es um das eine: Macht, Geld und Lust. Und da hatten sie sich einiges ausgedacht. Besonders, wenn es um das Geld ging: »Sofortige Auszahlung.« Diese Nachricht erreichte mich nun fast schon jeden Tag, was wussten sie von mir? Der ganze Schufa-Spam. Außer den wohl altersgerechten Mitteilungen, die prima zu den Einschätzungen von Sayn passten, aus dem Treppenlift-Hörgeräte-Sterbegeldversicherungs-Einbettzimmer-Segment. »Jetzt Immobilienverkauf«: Das kam schon gar nicht in Frage. Die Nachrichten erinnerten mich an die Kleinanzeigen der Illustrierten, und die Illustrierten von einst erinnerten mich an die Social Media von heute. Und wenn ich gerade jetzt die Nachricht »Dr. rer. nat. Bergmann: Ein wenig Unterstützung beim Sex« empfangen hatte … wusste ich erst recht, dass der Mensch der Alte geblieben war. Auch ich. Und Lore hätte mir alles ins Haus gebracht, wie einst in der Zeit der Schrumpfköpfe, so jetzt in Zeiten des digitalen Zubehörs. Und ich wunderte mich nicht, dass es immer noch Menschen gab, die etwas hatten – »Erröten Hemmungen Sprechangst« – oder denen etwas fehlte: Die Grundierung war die gleiche, auch wenn es dann so schien, es wäre alles anders geworden. Für die »Sterbegeldversicherung« war es nun zu spät. Wäre eine Überversicherung gewesen. Was war mit »jetzt altersgerecht wohnen«? Das schreckte mich wie »Mehr Komfort im Krankenhaus: Jetzt Einbett sichern!« Sie hätten mir auch einen Schrumpfkopf geschickt, und Lore hätte als gute Botin der Deutschen Post mir alles ins Haus gebracht, was ich bestellt hatte. Das Sortiment war mittlerweile via Amazon ins Unermessliche gewachsen, und Amazon hätte auch ein Buch ins Haus gebracht, das Jeff Bezos den Tod wünschte. Schrumpfköpfe waren nun aber verboten.

Ein paar Tage nach meiner Ankunft in Tuttlingen hatte ich per Post auch noch einen Strafzettel für unerlaubtes Parken bekommen. Und die Nachzahlung zweier Tagessätze, also insgesamt 75 Euro. Wahrscheinlich hatte ein böser Mensch den Strafzettel geklaut, der mich mit zehn Euro hätte davonkommen lassen. Schon hatte ich den Verdacht, dass sich auch diese Stadt auf diese Weise finanzieren musste, das konnte doch nicht möglich sein! Und wenn doch? Geld wurde immer gebraucht.

Mein handschriftlicher Zettel auf dem Armaturenbrett hatte nichts genutzt:

*Sehr geehrte Damen und Herren KontrolleurInnen, leider
konnte ich keine für DB-Kunden kostenlose Parkberechtigung
auf dem DB-Gelände des Bahnhofs Tuttlingen erwerben. Der
Schalter öffnete erst um acht Uhr morgens (M. E. Z.). Um
mein Tagesziel mit der Bahn zu erreichen, musste ich schon
um sieben Uhr aufbrechen.
Ihr Internet- und Automatenanalphabet A. St. –
P. S. Ich bin Jahrgang 1954.
Mit dem Oberbürgermeister von Tuttlingen bin ich im Übrigen per Du. Sie können bei ihm, der unter demselben Dach
arbeitet wie Sie, jederzeit Erkundigungen einholen über
mich.*

Vielleicht konnten sie nur meine Handschrift nicht so
schnell entziffern, ich gebe es zu: Sie ist zwar sehr deutlich
ausgeprägt, doch sehr schwer zu entziffern. Dabei wusste
ich doch schon von Dürrenmatt, dass die »Leserlichkeit die
Höflichkeit der Schrift ist«. Dürrenmatt war im Übrigen ein
ausgezeichneter Name für einen Dramatiker der Groteske,
fast schon eine Dürrenmatt'sche Erfindung.

»Sie denken zu viel über die Menschen nach, es ist alles
viel einfacher … «

Jetzt liefen alle bei »Fridays for Future« mit. Warum
nicht! Doch wie auch immer: Dieses Strafmandat war der
Dank dafür, dass ich nicht mit meiner Dacia nach Sayn
gefahren war. Was mir möglicherweise diesen und jenen
Strafzettel unterwegs ersparte, denn die Welt war voller
Blitzer und Fallen. Ich aber war da nicht viel mehr geworden als Analphabet der neuen Zeit auf der Welt, der in
dieser ohne Führerschein unterwegs war; mein Griechisch
und mein Latein nutzten mir nur insofern, als ich »Inter-

net« ins Deutsche übersetzen konnte, wie auch »Personal«, »Computer«, »Programm«, »analog« und »digital«, das war's dann schon.

Kein Satz wäre mir nun näher gewesen als dieser: Ich habe Angst. Und doch. Sie war mir näher als meine Halsschlagader. So war mir nicht viel mehr als meine Angst geblieben, die irgendwo, aber tief in mir steckte.

Und doch war ich immer noch einer, der »ich« sagte.

II

»AUF DEM WEG ZUM HEIMATFRIEDHOF«

Als ich vom Bahnhof Tuttlingen aus, über den auch schon Hermann Hesse ein paar nette Sätze geschrieben hatte, was in Tuttlingen wohl unbekannt blieb, bis ich es einmal dem Oberbürgermeister erzählte, unterwegs war, wusste ich noch nicht, dass während der Nacht auf Schloss Sayn meine einzige Tante gestorben war, also jener Mensch, der mich schon an meinem ersten Tag gesehen hatte und glücklich war im Irrglauben, dass es »mit uns«, wie sie dachte, nun weitergehe. Denn schon im Ersten wie auch im Zweiten Weltkrieg waren jeweils alle »gefallen«, wie das Tuwort hieß, das eigentlich das Gegenteil davon war – bis auf jeweils einen. Ich war das Glück jenes Tages im Haus, das seit dem 18. Jahrhundert so dastand, und an keinem dieser Tage seither hatte es auch nur eine Nacht gegeben, in der nicht wenigstens ein Mensch in ihm geschlafen hätte.

Der Anruf kam, als ich gerade an den pompösen Aesculap-Hallen – einem Industrieschloss aus dem 19. Jahrhundert – vorbei in den neuen Umgehungstunnel hineingefahren war – und dabei von der Überwachungskamera fotografiert wurde, wie ich im Tunnel telefonierte – was zu einer Führerscheinsperre führte, was auch der Grund dafür war, dass ich erst sechs Wochen später als geplant nach

Griechenland aufbrechen konnte. Ich musste nun warten, was ich für einen Brief aus Tuttlingen bekäme.

Gerade hatte ich es noch geschafft, am Weltzentrum für Medizintechnik, an Aesculap vorbei, das nun für die Tote nichts mehr ausrichten konnte und wieder einmal zu spät kam, in den Tunnel hineinzufahren. Dabei dachte ich jedes Mal an M. U., dessen Haus wohl über dem Tunnel stand, den ich nun durchfuhr.

Auch dieser Mann war nun tot, gerade gestorben, wusste ich, aber tot war tot.

Wäre »Sag, es war nichts« der Idealtitel einer Biographie gewesen? Welches Wort passte am meisten auf ihn? Ich wusste es nicht. Doch kein anderes Wort passte besser als das alte »Wohltäter«. Sein Name war Ungeheuer, Sie glauben es nicht? Er hatte aus einem bankrotten Unternehmen jene Weltfirma gemacht. Und direkt hinter der Fabrik gewohnt, in einem eher bescheidenen Haus voller Uhren, als hätte auch er sie mit der Zeit verwechselt. Einen Swimmingpool gab es nicht, und auch keine Villa in Griechenland. Er baute, obschon gar nicht recht gläubig, dazu evangelisch, eine millionenschwere Kapelle aus Dank für das Leben, dahin ging das Geld, und in verschiedene Sozialprojekte in aller Welt, vor allem in Tuttlingen, eine Stadt, die bis zu seinem Eintreffen aus Oberbayern eher vor sich hindümpelte, die Stadt von Kannitverstan, welche die Donau lieblos an sich vorbeiziehen ließ. Vom Papst bekam er den Gregoriusorden verliehen und war nun Ritter, Papstadel, welcher – nebenbei – der älteste war, mit einer entsprechenden Gewandung, die er beim Papstschneider anfertigen ließ. Beim Ritterschlag war ich anwesend. Das Ordensrittergewand erinnerte mich irgendwie an Michelangelo und die Schweizergarden. Doch nun, etwas schläfrig geworden, unterwegs an diesem langen Tag, dachte ich: Wenn Sie mehr wissen wollen, lesen Sie bitte die Seite, die Martin Walser im Wirtschaftsteil der *FAZ* über ihn geschrieben hat.

Nur so viel noch: Auch ich hatte für ihn lesen und schreiben dürfen …

Auch das, was auf seine riesige Gloriosa-Glocke an Text kommen sollte. Dafür hatte ich ein paar Psalmverse gefunden, und sonst noch ein paar Sätze, die den Menschen nicht hinabzogen, sondern mit jedem Glockenschlag vielleicht Halt geben konnten, bis hin zum letzten. Und an jener Kirche im Südtiroler Ultental, gleich hinter dem Dorf, von wo die beiden Südtirolerinnen kamen, die ich am Kilimandscharo getroffen hatte (was sie gerade wohl machten?), hatte ich an der Außenwand des Turms, fast auf Glockenhöhe, in kapitalen Lettern lesen können: OMNIA VULNERANT ULTIMA NECAT. All diese Schläge! Alle verletzen sie, und der letzte wird dich töten, so übersetzte ich es mir, unterwegs von hier nach dort.

Aus dem langen Tunnel heraus, fuhr ich an jener Kirche vorbei, in deren Turm diese Glocke nun hing, die Gloriosa!

Immer, wenn ich – etwa im Zug zwischen Mainz und Köln – auf der alten Bahnstrecke direkt am Rhein unterwegs war und hinaus- und hinaufschaute, sah ich oben die Ruinen, die als letztes Lebenszeichen eines großen Willens dieses und jenes Menschen und edlen Hauses übrig geblieben waren, wenn es hochkam.

Und hier: Zur Glockenweihe nach Karlsruhe waren wir in einem Firmenbus gefahren, der Glockenstifter saß am Steuer, das hatte er sich nicht nehmen lassen, seine Frau daneben, dazu die Pfarrer von Tuttlingen, der OB und einige seiner Freunde, auch der Künstler der sogenannten Glockenzier namens Roland, und auch ich, Narr und Dichter, der für den Text auf der Glocke verantwortlich war, die ich – nachdem sie an einem feierlichen Tag an ihren endgültigen Platz hinaufgezogen war – wohl nie wieder sähe hinieden.

In Karlsruhe sagte in einem feierlichen Augenblick der Pfarrer, der mir aber auch schon manchen Witz erzählt hatte, zu mir, als wir nebeneinander die Glut in die Glockenform, in die Namen des Stifterpaars sowie in den Namen des weihenden Pfarrers und auch in meine Lettern hineinfließen sahen: »Das ist das Einzige, was von Ihnen übrig bleiben wird!« Wie recht er wohl hatte. »Und von Ihnen auch!« Das war meine Antwort. Und ich fügte noch »Sie denken aber groß!« hinzu.

Ja, gerade in diesem Augenblick des Hineinfließens der Glut in die Glockenform kam uns die Vergänglichkeit, das Nichtsige unseres Lebens so deutlich wie nie vor Augen. Gebetet wurde auch, der Pfarrer war ja zum Segnen und Weihen mitgekommen, und für die anderen gab es ein Segensformular zum Mitbeten und Singen. Sangen wir nicht am Ende *Großer Gott, wir loben dich*?

Der Glockenstifter konnte in einer Nacht nach Peking fliegen und am nächsten Abend zurück … First Class, versteht sich. Ein Leben lang arbeitete er, mit einer ungeheuren Begabung, etwas zu schaffen, und was am Ende auf ihn wartete, war nichts als der alte Tod. Doch was bis dahin, nachdem er als Vorstandsvorsitzender der Weltfirma zurückgetreten war, in seiner letzten Zeit übrig blieb oder was auf ihn wartete, war ein kleines Zimmer im städtischen Altersheim, im Elias-Schrenk-Haus, das für ihn bestimmt war, um dort auf den Tod zu warten. Geld für vierundzwanzig Pfleger am

Tag wäre dagewesen … Sein Haus war wohl schon leer geräumt … Und auch seine Frau lebte noch, unter demselben Dach, umnachtet, die gute Monika, nur ein paar Zimmer weiter, ganz für sich.

So fuhr ich in meiner Dacia … als wüsste ich nicht, was von den Menschen übrig bleibt.

Um Mitternacht war ich zu Hause.

Und schon am anderen Morgen erfuhr ich, dass die Beerdigung meiner Tante für den kommenden Montag vorgesehen war, denn auch hier hieß es »Sonntags nie«.

Sophie war die Letzte im Dorf, die das Meer nie gesehen hatte, und doch voller Glauben das Marienlied *Meerstern, ich dich grüße* inbrünstig mitsingen konnte, und der Maialtar stand voller Blüten, die für die kleine Kirche fast zu groß waren. Und niemals war meine Sehnsucht nach dem Meer größer als einst beim Singen an den Maiabenden von *Ave maris stella, Meerstern, ich dich grüße.*

Auch war sie, meine einzige Tante, nun mein erstes Beispiel für den Satz, wie die Zeit vergeht, aber nicht der Schmerz.

Und immer wieder hörte ich im Lauf ihrer Jahre in mannigfachen Varianten den Satz: Ich will endlich leben!, der aus diesen inneren Verliesen an mein Ohr drang. Gesagt hat sie das zwar nie, aber gesehen habe ich diesen Satz schon in ihrem Blick. Auch sie hatten wir sterben lassen, ohne dass wir hätten dagegen einschreiten können, als wäre uns nichts anderes übriggeblieben, als ihr zuzureden »es wird schon wieder gut« und dem Schicksal seinen Lauf zu lassen. So kam ein Mensch und ein Satz nach dem anderen. Ich aber spielte wieder einmal mit dem Gedanken, wie es gewesen wäre … dem Leben zu entfliehen, und zu leben. Doch dafür war es nun zu spät: Nun standen wir am heißesten Tag des Jahres, der in diesem Jahr schon in den Juni fiel, auf jenem Friedhof, für den ich kein anderes Wort hatte als »Heimatfriedhof«, auf dem all unsere Sehnsüchte Platz hatten, und Name für Name.

Jetzt waren auch jene, die immer sagten, die Bäume gehörten weg, sie machten immer so viel Sauerei, froh, dass wenigstens die eine Reihe gegen die Alpen hin noch stand. Dahin konnten sie nun am heißesten Tag des Jahres flüchten, weit weg vom Sarg und dem Priester, die beide dem unerbittlichen Licht ausgesetzt waren. Und nun konnte ich hören, wie der Priester trotz allem sein *Lux aeterna* sang: das Ewige Licht leuchte dir. Francesco war aus Palermo zu uns gekommen, noch jung und hoffnungsvoll und tatkräftig im Glauben, nun unser letzter Priester. Ich hörte ihn das *In Paradisum* singen, als der Sarg nach unten gelassen wurde: »Zum Paradiese mögen Engel dich geleiten; bei deiner Ankunft Märtyrer dich begrüßen.« So kurz vor meinem Aufbruch in Richtung Ithaka.

Ich hatte es, dieses Lied, das für mich so markerschütternd war wie das Widderhorn, der Schofar am Jom Kippur, so lange nicht mehr gehört, denn das alte *Requiem aeternam* und das *Lux aeterna* waren längst aus dem Glaubensverkehr gezogen. Und nur noch in den Konzertsälen zu hören, von Mozart bis Ligeti. Das Ewige in dieser alten Form hatte eine Verfalldauer, die beim Requiem kaum mehr als tausend Jahre betrug. Der Priester schwitzte in den kirchlichen Farben, violett und schwarz, die ihm für diesen Tag aufgetragen und vorgeschrieben waren.

Und so sang er, aus der Tiefe, tief und klar und unzweifelhaft, und ich hörte es. Was die meisten dieser anwesenden Ohren nie gehört hatten. Kein Wunder, sie waren ja auch fast alle jünger als ich. Die anderen Ohren reagierten wie Tiere, die etwas nicht kannten, aber witterten.

Nur den Ältesten wie mir schien etwas Kindheit aufzuklingen, etwas von einst, als sie wohl manches Mal versucht hatten, dem Leben zu entfliehen, um zu leben. In *einer* Generation, und es war in meiner, waren alle alten Gräber verschwunden, mit dem Hinweis auf die gesetzlich geregelte Friedhofsordnung mit ihren Liegezeiten. In *einer* Generation war dieses Band des Lebens verschwunden, diese Gräber und Gesänge. Und ein brutal grüner, tödlicher Rasen wuchs über alles hinweg. Und damit ließen sie jegliche Hoffnung fahren. Kein Wunder, dass nun alle in den Friedwald drängten.

Gerade an diesem Ort, unserem Heimatfriedhof, hatten sich doch einst Glaube, Hoffnung und Liebe am meisten konzentriert. Damals hatte ich auf manchem Grab »Wiedersehen!« gelesen. Nun sah ich all die abgeräumten Gräber auf dem leeren Friedhof in Zeiten der Friedwaldflucht, immer noch ein Ding der Unmöglichkeit für jene, die immer noch von der Auferstehung träumten, von einem Ort, von einem Grab am Ölberg mit Blick in Richtung Tor des Erbarmens, durch das der Messias kommen musste … Und wenn ich jemals diesen Glauben aufgegeben haben sollte, so doch nicht meine Sehnsucht nach einem solchen Grab, das Platz hatte für mich und aller Hoffnung Raum ließ, und auch meinem Lieblingswort Adieu. Ich wusste noch, wo alle Menschen, die Toten meiner ersten Welt lagen; ich war mit allen per Du gewesen, über denen nun ein nichtssagender Rasen gewachsen war. Früher hatte ich einmal gedacht, dass ein Grabstein so etwas wie der endgültige Beweis dafür wäre, dass es zwar aus war mit dem Leben, nicht aber mit der Hoffnung auf ein Wiedersehen. Nun aber galt die Friedhofsordnung, die mir wieder einmal bewies, wie gnadenlos gleichgültig der Mensch der Administrationsfurie ausgeliefert war. Und ich erkannte den Tod im unheimlichen Verschwinden der Gräber und Namen und Steine und Menschen, deren Stimme ich noch im Ohr und deren Blick ich in meinen Kinderaugen hatte.

Und das war geblieben, und das war auch etwas.

Am Tag der Abreise, die sich wegen des Strafmandats aus dem Tuttlinger Tunnel um Wochen verzögert hatte, sah ich noch eine kleine Maus ganz schnell über mein Parkett schlittern, unter meinem Schreibtisch hindurch, der wohl auch zu ihrem Reich – manch wirklich alter weißer Mann sprach noch von »Beritt« – gehörte, so nahe am Ofen, dessen schöne Wärme wir teilten. Doch eigentlich wusste ich nicht, wovon sie lebte, denn zu fressen gab es in meiner Wohnung praktisch nichts, ein paar Bücher vielleicht, und so war es immer wieder gewesen, dass sich meine Mäuse durch meine Sätze gefressen hatten. Und ich wusste auch nicht, ob sie allein lebte oder eine Familie hatte und Nachbarn, mit denen sie sich austauschen konnte über Gott und Welt. Ich liebte Mäuse. Doch dachte ich: Sie hatten nichts in meiner Wohnung zu suchen. Lebendfallen, die ich erwog, scheiterten an meiner Trägheit; und auch am Gedanken, dass die armen Tiere bei meiner Rückkehr endgültig verhungert sein würden. Und ich dachte an die nächstbeste Lösung auf der Welt: Und das war Gift. Doch das kam nicht in Frage. So einer war ich: dass ich Mitleid mit den Mäusen hatte, die an meinem Gift gestorben wären.

III

»WANDERER, KOMMST DU NACH ITHAKA«

Σα βγεις στον πηγαιμό για την Ιθάκη
Brichst du auf gen Ithaka,
wünsch dir eine lange Fahrt,
voller Abenteuer und Erkenntnisse
Die Lästrygonen und Zyklopen
den zornigen Poseidon fürchte nicht …
… Wünsch dir eine lange Fahrt,
Der Sommer Morgen mögen viele sein …
… und erregende Essenzen …
Doch immer halte Ithaka im Sinn.
Dort anzukommen ist dir vorbestimmt.
Beeile nur nicht deine Reise.
Sie dauere viele Jahre …
… und altgeworden lege auf der Insel an.
Hoffe nicht, daß Ithaka dir noch etwas gäbe.
Auch wenn sich's dir nun ärmlich zeigt …
Ithaka gab dir.
Gab es, betrog dich nicht.
Gab dir die schöne Reise.˙

---

* So habe ich – alter weißer Mann – auszugsweise das 1983 im Romiosini
Verlag erschienene Gedicht von Konstantin Kavafis wiedergegeben.

Jeden Sommer fuhr ich in Richtung Ithaka. Die Reise hätte eigentlich eine Woche nach Sayn beginnen sollen, doch die nicht geklärte Tunnelgeschichte von Tuttlingen hatte dazu geführt, dass ich noch auf die Abfahrt warten musste. Meine Freunde hatten mich eindringlich davor gewarnt, einfach loszufahren, bevor ich den gelben Brief von Amts wegen erhalten hätte. Das waren dann noch einmal lange vier Wochen. Ich sage aber nicht »bis es losging«. Diese Lieblingsformulierung der Kampfgeister, die es gar nicht erwarten konnten, bis es losging, hatte eine erstaunliche Renaissance erfahren, besonders auch in den Talkshows und in Radio-Interviews; und mit »bis es losgeht« konnten die, die das Sagen hatten, ein bedeutendes Fußballspiel, eine EM oder eine WM oder einen Krieg meinen, und scharrten schon in den Startlöchern. Zu ihrem Sprachbesteck gehörte auch noch »muss jetzt liefern« – und vor allem das tägliche »Druck machen«. Ich hatte den Eindruck, dass keine News-Person auskam ohne diese quengelnden Wörter, deren Ursprung ich glaubte im »Struggle for Life« und im »Survival of the Fittest« orten zu können. War dafür aber nicht gerade Odysseus ein erstes großes Beispiel?

Doch was meinen Aufbruch in Richtung Ithaka betraf, so hatte ich mich darauf in diesem Jahr besonders gefreut, zumal es zum ersten Mal mit meinem neuen Auto war, meinem Duster der Firma Dacia, welches der römische Name für Rumänien war; und ganz besonders hatte mich die Aussicht gefreut, auf dem Hinweg über den Gotthard – die Po-Ebene, Padua und Venedig – endlich wieder nach Slowenien, nach Ptujska Gora, ans Goldene Horn auf Brač, Kroatien, zu kommen, um dann über die Makarska auf einer Bergstraße nach Medjugorje zu gelangen, das war fast ein Wunder, denn ich hatte mich schließlich aus Zeitgründen gegen Medjugorje entschieden, hatte dem Navi eine ganz andere Strecke eingegeben. Als ich aber las: »Medjugorje 2 km« wusste ich, wohin mich das Navi gelenkt hatte, und dass es in Verbindung mit höheren Mächten sein musste. Dann durch Landschaften, die mir schienen, als wären sie eine Liebesgeschichte von Himmel und Erde. Aber gerade hier hatte der Mensch am schlimmsten gewütet, es war ein Krieg gewesen, gerade hier in diesen himmlischen Landschaften, verheerender als das Erdbeben von Banja Luka, ein mir verbliebener Erinnerungsrest aus meiner Südkurier-Kindheit. Und dann über Bosnien, die Republik Srpska und Montenegro endlich wieder einmal Albanien. Die Witwe Enver Hodschas lebte wohl immer noch, ich hatte sie gerade in einer talkshowartigen Doku selbstgefällig sagen hören, was sie und ihr Mann alles geschaffen hatten. Und wie sie, wie vielleicht nur noch Erich Mielke und Margot Honecker, die Menschen geliebt hatte und liebte. Die pilzartigen Bunker vor fast jedem Haus sah ich aber nicht mehr auf der nach wie vor aberwitzig abenteuerlichen Strecke das Meer entlang, wo sie sich am nächsten kamen: auf der einen Seite die sogenannte freie Welt, Italien, auf der anderen das postmao-istische Albanien. Und dann war es nicht mehr weit nach Ithaka. Vielleicht war ich wegen dieser Aussicht in Sayn bei meinem Reden auch zu übermütig gewesen, dass ich schon so vieles überstanden hatte und überstehen würde, wie in ein paar Tagen wieder die Balkanstrecke, als könnten so einem das Schicksal und Sayn nichts mehr anhaben. Ach, so einem wie mir: Mein Name erschien zum ersten Mal im Jahr 1525: Ein Mann, auch nur ein Mensch, wurde da in der Stadt Überlingen geköpft und geviertelt ... Von ihm, der auch keine Wurzeln hatte, sondern Beine, die ... und einen Kopf, der vielleicht nicht ganz so elegant davonrollte, wie bei der späteren, Monsieur Guillot verdankten Humanisierung des revolutionär seriellen Tötens – von ihm kam ich über die geradeste Schwanzlinie her ... (Sorry, ich konnte es nun nicht mehr ändern, das waren meine Wurzeln, vgl. A. St.: *Mein Hund, meine Sau, mein Leben.* Auch wenn »Wurzeln« eine schiefe Metapher war im Blick auf den Menschen: »Quellen« wäre näher gewesen.)

Ach, sie waren ja nur enttäuscht, dass es mein Leben, und dass ich nicht Greta Thunberg war: Das war zu meinem Ohrwurm nach Sayn geworden, der auch auf der Fahrt nach Lefkada immer noch nicht von mir ablassen wollte. Und dann Ithaka. Nun sah ich die Lieblingsorte meines Lebens aber mit der Erfahrung von Sayn im Genick. Doch nachdem ich ein paar Nächte darüber geschlafen und mich wieder aufgerappelt hatte, konnte ich mir wieder einmal sagen: »So schlimm war es doch auch nicht!« – (Wie am Morgen, der jener Nacht im Kambi Ya Tembo, in jener Lodge am Fuß des Kilimandscharo folgte, als das Zebra vor mir stand, als wollte es mir sagen: »So schlimm war es auch wieder nicht!«) Ja, tatsächlich gab es Schlimmeres auf der Welt, als von einer weißen Alten als weißer Alter beschimpft zu werden, bitte schön!

Dabei wusste ich immer noch nicht, was eigentlich ein Mann war, und ob ich zu ihnen gehörte. Und was eine Frau war, wusste ich auch nicht. Diese Wörter gehörten wohl einem Wunderbereich an. »Und wenn du es begriffen hast, ist es kein Wunder mehr«, so dichtete ich diese Geschichte weiter. »Alt«, dämmerte mir so piano piano. »Weiß« war auch so etwas. Aber »Mann«?

Das Leben auf digital umstellen: Das wäre wohl die Rettung gewesen, also überhaupt nicht mehr leben, Mann oder Frau sein, reisen, Kinder machen, lieben und so fort. Und unterwegs auf meine Weise, in einem Diesel, spielte ich mit dem Gedanken, dass es in Zukunft wohl besser wäre, der Mensch, also auch ich, würde die Welt und sich selbst, um sie und sich zu retten, überhaupt nicht mehr erkunden. Und dass es vielleicht besser wäre, gar nicht erst auf die Welt zu kommen, um nicht mit seinem bloßen Leben und seinem ökologischen Fußabdruck zum Ende der Welt beizutragen. Angefangen mit der Liebe: Gar nicht erst beginnen damit. Doch dafür war es nun zu spät. Und noch etwas kam mir für die Zukunft, wenn sie schon sein musste, in den Sinn: Jedes Leben, so klein es auch sein mochte, war die Welt. Und alles Große begann ganz unscheinbar, vielleicht auch in meinem Leben: Warum nicht ganz klein anfangen, mit einem kleinen Schritt zur Rettung der Welt, mit meinen eigenen Beinen. Warum nicht »ich gehe« sagen!

Aber dann – nach solchen Spielereien in meinem Kopf – setzte ich mich doch in meine Dacia und fuhr los.

Die Reise auf dem Landweg über den Balkan zu jenem Inselhaus in Akropolislage mit Ithakablick sollte die erste gemeinsame Reise sein von meinem Dacia Duster Prestige und mir. Und überall würden mein lieber Duster und ich von den smarten Leuten von heute, die Bescheid wussten, welcher Fahrzeugtyp gerade angesagt war, als Loser erkannt und übersehen werden. Nur die allersouveränsten Zeitgenossen hätten sich ohne zu zögern in dieses Fahrzeug gesetzt, etwa Tante Mausi, die sich allerdings mit Fahrzeugtypen nicht auskannte, oder auch Graf Irion, dem schon klar war, in welchem Fahrzeug er zu sitzen gekommen war in meinem Duster. Nicht aber jene Zeitgenossen, die nicht ihr Leben führten, sondern ein anderes. Und sie wären beim Einsteigen in meinen Duster vielleicht rot geworden. War das Vorgängerfahrzeug nicht noch S-Klasse gewesen? Warum nun dieser Abstieg? Stimmte mit mir etwas nicht mehr, noch etwas? Ja, es gab Menschen, die mich immer etwas schief anschauten, auch wenn sie zeitlebens immer wieder meine Nähe suchten; es gab Menschen, die mich »Hallodri« genannt hatten, »Schwadroneur« hatte ich auch schon gehört; und als sie mein Gesicht sahen, noch nachreichten, das sei als Kompliment gedacht gewesen: Für mich war es ein stillschweigendes Todesurteil mancher Freundschaft, auch wenn es danach weiterging, und wir immer wieder den besten Rotwein tranken. Ja, es gab Menschen auch in meinem Leben, die es gerne etwas größer haben wollten, die eigentlich gar nicht lebten, sondern nur ein Leben im Vergleich führten, die nicht ihr eigenes Leben führten, sondern jenes, von dem sie glaubten, es würde von ihnen erwartet; und so würden sie durchs Leben geschleust, und sie hätten am Ende nicht ihr Leben geführt, sondern jenes, das eigentlich gar nicht ihres war, sondern ein Mitläuferleben. Als wäre das Leben eine Leistungsschau.

Und von jenen, welche die Welt und den Menschen nun vom ökologischen Fußabdruck aus bewerteten, würde ich zusätzlich auch noch verachtet werden. Ja, auch meine Öko-wie Lebensbilanz war eigentlich verheerend. Doch wie nach der Spritze beim Blutabnehmen und dem Satz der Krankenschwester »Es war doch gar nicht so schlimm!« fasste ich nach jeder Katastrophe irgendwann, aber gewiss, wieder Mut, und das Leben ging weiter.

Vielleicht war ich deswegen auf Sayn schon ein wenig übermütig geworden, weil ich diese Reise vor mir hatte?

Noch eine Übernachtung in einem schönen Hotel über dem See von Ioannina, in dem kein Fisch mehr schwamm, der See war nämlich in den vergangenen Jahren immer wärmer geworden und schließlich umgekippt, aber eine Wallfahrtsinsel gab es noch in ihm, zu einem Helden aus der Befreiungszeit von der Herrschaft der Osmanen über das alte Griechenland, die fast vierhundert Jahre zuvor ungefragt an den Toren von Konstantinopel, der größten Stadt der damaligen Welt, erschienen waren. Sie, die Osmanen, hatten bald weiter expandiert und durch das Janitscharenmodell – institutionalisierter Kinderraub auf dem Balkan – ihre Herrschaft auf Jahrhunderte gesichert, seitdem gehörte der Schmerz zum Grund-Riss für jedes Balkanherz. Was war eigentlich mit den Mädchen? Wurde ihr Schicksal schamhaft verschwiegen? Was aus den Knaben wurde, was also ihr Schicksal war, wusste auch ich: Sie wurden zu jener Janitscharentruppe umerzogen, vor der ihre auf dem Balkan zurückgebliebenen Eltern, falls sie zwanzig Jahre später noch lebten, ihre Brüder und Schwestern am meisten Angst haben mussten, wenn ihre Kinder und Brüder, die Janitscharen, vor Belgrad, Budapest und Wien standen. Diese Kinder waren zu den glühendsten Taliban und Kämpfern für den Sultan geworden. Noch ein Beispiel dafür, wie Erziehung das Leben bestimmte und dass alle EU-Genetiker in eine Krise hätten kommen müssen mit ihrem Vererbungswahn, dachte ich.

Ja, auch durch eine besondere Erbfolgeregelung hatte die Familie Osman so lange Bestand, denn die zahlreichen Söhne aus dem Harem waren alle, außer einem, auf die Prinzeninsel verbannt – über die Herr Sartorius jenes wunderschöne Buch geschrieben hatte – oder sonst wie rechtzeitig ins Jenseits oder sonst wohin befördert worden, bevor sie dem jeweiligen Alleinherrscher hätten gefährlich werden können. Ihre Gegenspieler, vor allem die Habsburger-Kaiser, waren immerhin gewählt worden, und selbst der Papst war gewählt worden.

Über den Acheron fuhren wir auch noch, aber in der Gegenrichtung, von den alten Griechen aus gedacht.

Und dann machten wir noch einen Abstecher nach Arta, ins Königreich des Pyrrhos, des Erzvaters der Vergeblichkeit aller Siege. Es war wieder einmal am heißesten Tag des Jahres – wie viele heißeste Tage würde es noch geben? –, eine Mittagspause im vollkommen menschenleeren Arta, es war zu heiß, auf der Terrasse des Cafés zu sitzen, selbst zu heiß, um im Schatten eine Cola light zu trinken und dazu eine kleine Zigarre zu rauchen. Also machte ich nur ein Selfie am Denkmal für Pyrrhos, den König von Epirus, der zu seinem Mitstreiter gesagt hatte: »Noch so ein Sieg, und wir sind verloren.« Das war zwar nun schon eine Ewigkeit und drei Tage her. Aber bei diesem weisen Satz dachte ich nun an mein blutiges Jahrhundert. Und auch ein wenig an mich. Bei all diesen weisen Sätzen, die sich im Verlauf der Menschengeschichte angesammelt hatten, vom Stein an, mit dem Kain seinen Bruder Abel wohl erschlagen hatte, bis zu den Drohnen, die nun an den Himmeln von heute zu ihren Zielen unterwegs waren. »Noch so ein Sieg, und wir sind verloren.« Das war mittlerweile zu einem Satz fürs Leben geworden. Und nun sah ich mich mit Vater und Mutter auf Sizilien herumfahren – es war vielleicht heute vor vierzig Jahren – und die Stelle bei San Pietro suchen, wo mein Vater in einem Zweikampf gesiegt und überlebt hatte … was die Bedingung meiner Möglichkeit war … Mein Vater hatte »Hier war es!« gesagt und war wohl tief erschüttert, ich hätte ihm dabei aber ins Gesicht schauen müssen, was ich nicht übers Herz brachte. Ich hörte es nur und sah es nicht. Und der Ausflug dahin, wo es gewesen war, endete mit dem Satz meiner Mutter, die es an diesem Tag schön haben wollte: »Aber Robert, das wollen wir jetzt nicht hören! Es ist doch so schön hier!«

Ein paar Jahre später sagte sie Opa zu ihrem Mann.

Auf der Reise in Richtung Ithaka ging es nun weiter im Duster in Richtung Aktion und Nikopolis – »Stadt des Sieges« –, und so langsam sah ich den Makadam oder die entsprechende neueste Legierung schmelzen – und ich sagte mir, dieses Buch müsste *Makadam* heißen. Das war irgendwo, aber am Meer zwischen Aktion und Nikopolis, noch so zwei Wörter aus meinem Geschichtsbuch. Deuteten auf Sieg und Niederlage, auf Erscheinen und Untergang. Einen Geschichtsprofessor hatte ich vor Jahren sagen hören, Actium (31 vor Christus, Octavian, der sich später Augustus nannte, gegen Mark Anton, der doch gerade noch sein Freund ge-

wesen war) sei der folgenreichste Sieg der römischen Geschichte gewesen, »bis hin zur Milvischen Brücke 312« (»In
diesem Zeichen wirst du siegen!«). Ab da hatte jener Sieger
geherrscht in Rom, der sich Augustus nannte. Die Ruinen
seiner Stadt Nikopolis, die er eben nach seinem Sieg nannte,
waren noch deutlich zu sehen. Meine Augen streiften sie in
der Ferne. Es war so eine Sache mit den Ruinen, als wüsste der
Mensch nicht, dass es das ist, was mit einigem Glück bestenfalls von ihm übrig bleibt. Und manchmal ein Herero-Skelett
in einem Museum von Berlin oder ein Schrumpfkopf, den
ich hätte noch als Kind in der *Quick* bestellen können oder
auf der Antiquitätenseite der *FAZ* vor 55 Jahren? Und unsere Postbotin, unsere Lore, hätte alles wie bestellt ins Haus
gebracht per Nachnahme, welches in meinem frühen Leben
auf dem Land am Rande der Welt, und doch mitten auf ihr,
bald ein wichtiges Wort geworden war, lange vor Amazon.
Da brachte Lore mir meine ersten per Nachnahme bestell-
ten Bücher ins Haus, dabei auch jene vom Deutschen Bücherbund, ich konnte mich nun an den grünen *Ulysses* von
James Joyce erinnern, und ich dachte, das Lesen wäre eine
Aufgabe, die mich in den Kreis der Eingeweihten und Da-
zugehörenden aufnähme. Doch meist waren es die Hauptvorschlagsbände, die unverlangt bei mir ankamen, zum Beispiel *Rauer Osten, Wilder Westen*. Denn meine Tage waren
schon damals ungeordnet, ich schaffte einfach die fristge-
rechte Quartalsbestellung nicht. Es fehlte mir jede und jene
Begabung, die andere zum erfolgreichen Leben ertüchtigte.
Und wäre es auch nur ein Mitläuferleben gewesen. Dagegen
war die Kapazität des Träumers, der damals von allem Möglichen träumte, und freilich vor allem von dem Einen, eine
ungeheure Tatsache.

Rauer Osten, Wilder Westen, das als Bestseller angelegte Buch auf der Höhe von 1968, 877 Seiten, war bei Rowohlt erschienen, und die unverkauften Exemplare landeten schließlich als Hauptvorschlagsband beim Deutschen Bücherbund, dessen Mitglied ich war, bei einem wie mir, einem von jenen, die es nicht schafften, rechtzeitig die Quartalsbestellung aufzugeben; und ich war immer noch davon überzeugt, gerade jetzt, unterwegs, dass der Deutsche Bücherbund mit solchen im täglichen Leben schlampigen Existenzen wie mir rechnete, bei denen er seinen nicht verkauften Mist loswerden konnte. Ich war wohl eines der dankbarsten Mitglieder des Deutschen Bücherbundes. Über die Jahre hinweg kamen nur noch Hauptvorschlagsbände ins Haus, und Lore kassierte das Geld per Nachnahme von einem meiner ersten Menschen, die jene Glocke links neben der Haustür hörten. (Eine Klingel gab es noch nicht.) Es war ja immer jemand in diesem Haus, ununterbrochen seit dem Wiederaufbau nach dem Brand von 1773. Und was meine unsägliche, fatale Anhänglichkeit an dieses Haus betraf: Der Einzige, der mich verstanden hätte, wäre Graf Greifenklau gewesen, der sich das Leben genommen hatte, als nach neunhundert Jahren eine deutsche Bank sein nur für eine Bank in einer Summe berechenbares Leben, das zu einer Insolvenzmasse geworden war, übernahm. Kein Mensch in meiner bürgerlichen Umgebung, deren Menschen in teils großbürgerlichen Verhältnissen gelebt hatten, konnte sich diese meine fatale Beziehung zu diesem lächerlichen Haus erklären. Ihre Eltern und Großeltern, die sie meist noch kennengelernt hatten, wie sie zu Besuch kamen, hatten in den großbürgerlichsten Häusern und Wohnungen gelebt, einmal da, einmal dort, all die Lehrstühle zwischen Kiel, Göttingen und Freiburg hindurch und all die Vorstandsposten zwischen Hamburg, Frankfurt und München. Dann waren sie gestorben, und das, was übrig blieb, war oftmals ein Vermögen, das in einer Geldsumme auszudrücken war. Alles wurde geschätzt und ausgerechnet und gerecht nach dem Bürgerlichen Gesetzbuch verteilt und das Erbe versilbert. Die Erben bauten sich bald ein neues Haus, sie konnten sich oftmals nicht zwischen Sylt und Marbella, Ibiza und Mallorca, dem Starnberger und dem Genfer See entscheiden. Das Schicksal all dieser Immobilien auf Zeit war es, dereinst, und vielleicht noch zu Lebzeiten wieder verkauft und spätestens, wenn sie das sogenannte Zeitliche segneten, unter den Erben gerecht aufgeteilt zu werden. Wie weit lebte ich von diesem Lebenskonzept entfernt! Aber am Ende konnten sie mir nicht einmal die Namen ihrer Urgroßeltern nennen, und wie es in den Häusern oder Wohnungen in Grünwald und Zehlendorf ausgesehen hatte, wussten sie mir auch nicht zu sagen. Sie sprachen ganz ungefähr und eigentlich unzutreffend von ihren sogenannten Wurzeln. Ich aber hatte überhaupt keine Wurzeln, sondern eine Herkunft, und Beine, mit denen ich mich ziemlich orientierungslos in die Welt, die ich trotz allem auch noch retten wollte, aufmachte. Immer auf Ithaka zu oder auch in sonst eine Richtung, wie auch immer: Der Schatten fiel in eine Richtung.

Eine weitere meiner damaligen Mitgliedschaften: Ich war – so weit weg vom Meer, das mich mit einer Sehnsucht füllte – auch Mitglied der DLRG, der Deutschen Lebensrettungsgesellschaft zur Rettung Schiffbrüchiger. Wie es dazu gekommen war, musste wohl mit jenen Abziehbildchen zu tun haben, die ich für den Mitgliedsbeitrag zugeschickt bekam. Ja, so war es. Ich dürstete damals – so weit weg vom Meer – nach Bildern von Ertrinkenden, die aus hoher See noch in letzter Minute gerettet werden konnten. Und mehr noch: Die Welt retten wollte ich damals auch noch. In der Zwischenzeit las ich. Von allen Hauptvorschlagsbänden konnte ich mich aber längst nur an *Rauer Osten, Wilder Westen* erinnern. Das Buch war geschrieben von einer Frau, die Kathleen Winsor hieß. Beim Lesen einst, als ich noch im Gelesenen verschwinden konnte, spielten Autoren und Verlagsnamen überhaupt keine Rolle, ich las damals so sehr wie nie wieder, tiefgläubig, weit weit weg von jenem Satz, den ich nun auf der Suche nach der verlorenen Zeit in der englischen Wikipedia fand: »Her first book became a runaway bestseller even as it drew criticism from some authorities for its depictions of sexuality.«

Und was nun *Rauer Osten, Wilder Westen*, das Buch, das mir vom Deutschen Bücherbund unverlangt als Hauptvorschlagsband per Nachnahme zugeschickt wurde, betraf: Ich verschlang auch es. Es war – wenn ich nun an Homers Ithaka dachte – doch eher Schundliteratur. (Das Wort stand wohl immer noch im Duden.) Aber unvergesslich. Es spielte in den USA in den Zeiten der Eroberung und der Landnahme, des Going West und der herrlichen Landsitze aus den Zeiten von *Vom Winde verweht*. Unvergesslich: Aber ich konnte mich eigentlich nun nur noch an jenen Cowboy erinnern, der ohne Unterwäsche in seinen Lederhosen auf seinem Pferd davonritt. Und meine Welt hatte sich seither vom Reinen ins Hygienische verwandelt, und das Duschen gehörte zum täglichen Ritual, das aber bald in Frage gestellt wäre auf der Welt, der das Wasser ausging.

Die Rückfahrt wollten wir, denn ich war ja nicht allein auf der Welt, irgendwie über Italien anlegen, von unten her, also vielleicht schon mit der Fähre nach Otranto beginnen, spätestens aber mit Brindisi.

Aber vorerst war das Ziel meiner Reise von Sayn weg jenes Haus mit Ithakablick. Auf der Insel Lefkada.

Auf Ithaka, war ich bisher immer nur mit meinen Augen gewesen; und ich würde es mir jedes Jahr wieder aufs Neue vornehmen, die paar Seemeilen hinüberzufahren, so lange, bis es eines Tages vielleicht zu spät wäre.

Nun fuhren wir an jenem Flughafen vorbei, der für die Militärs Aktion und für die Touristen Preveza hieß. Wir sahen eine Maschine über unseren Kopf weg landen. Und das Landen war ein Hereinschweben nach zwei, drei Stunden, und der Mensch war in Hellas gelandet, im griechischen Licht, nur zweitausend Jahre zeitversetzt, und Hölderlin hätte alles, wohin die Touristen nicht unterwegs waren, in zwei, drei Verszeilen gebracht. Sie wollten doch nur braun werden, nun aber mit Fünfzig-Prozent-Lichtschutzfaktor die sogenannte Seele baumeln lassen. Ich war auch schon mehrfach auf diesem Militärflughafen angekommen, und es war jedes Mal wie immer gewesen: Wir atmeten auf, wieder einmal alles überstanden zu haben, was wir nicht begriffen, das Abheben der schweren, schwerbeladenen Maschine, das Fliegen durch die Luft, die Menschen, die sprachlos nebeneinander saßen; und einige klatschten immer noch bei der glücklichen Landung. Was mich, der sich nicht mitzuklatschen traute, insgeheim freute, worüber die weltweiten Travellers jedes Mal unsichtbar den Kopf schüttelten, über die Zurückgebliebenen. Und doch!

Wir alle waren jeden Tag Überlebende, auch wenn wir dies nicht gewusst haben sollten oder uns diese Tatsache egal war.

Wir aber waren nun fast schon angekommen und fuhren noch eine halbe Stunde nach Lefkada weiter. Die kleine alte Straße über den Kanal von Kleopatra war gesperrt, wurde wohl auch vierspurig ausgebaut. Das nächste Mal, falls es das gäbe, wäre sie befahrbar. Also fuhren wir über die neue ungehobelte Autobahn und folgten den Verkehrszeichen: Lefkada.

Dort sollte ich auch an einem neuen Buch weiterschreiben.

Ich hatte nicht vor, das traurigste Buch des Jahres zu verfassen. Aber vielleicht bliebe mir am Ende gar nichts anderes übrig, bei dieser Welt! Wollte mich vielleicht eher, wie in anderen Büchern schon, wenigstens schreibend in der Welt zurechtfinden und eine Liebeserklärung an das Leben schreiben, auch stellvertretend für all die anderen, die niemals daran dachten. Oder daran gedacht hatten und starben, sich gar das Leben nahmen, nein sagten. Was alle Jasager skandalös in Frage stellte.

Und so weit hatte ich mich mit meinem Leben abgefunden, dass die Sterbegeldversicherung so langsam die wichtigste geworden war. Denn wenn ich schon ein Leben lang Scherereien mit den Zähnen genug hatte ... so wollte ich doch nicht, dass andere auch noch nach mir Scherereien hätten mit meinen Reliquien. Das Wort Schererei ... Scherer ... rr – ei, als stotterte oder polterte ich wie jene Frau, die nun als Bestattungsunternehmerin arbeitete und mir beim Abschied ihre Hand und ihre Karte reichte mit dem Satz: »Empfehlen Sie mich Ihren Finalisten!«

Und wir fuhren an Hagios Nikolaos, dem Patron aller Seefahrer vorbei.

Fuhren irgendwann an anderer Stelle über den kaum mehr sichtbaren, verlandeten Kanal der Kleopatra, die mit ihrem unterlegenen Lover vom Schlachtfeld von Actium weg in der Geschichte verschwand.

Am Steuer saß ich. Sayn war mittlerweile schon fast vergessen.

Vor uns zum ersten Mal die venezianische Festung und die Insel dahinter.

Lefkada war dem Namen nach immer noch eine Insel, vielleicht »die weiße Insel des Achill«, an deren Südwestspitze Sappho von jenem Felsen ins Meer gesprungen war, aus Liebeskummer zu ebendiesem Achill, wie noch so ein Dichter den Nachgeborenen, darunter mir, weismachen wollte.

Seit den alten Zeiten gab es nun eine Brücke, die über einen Kanal ging, der das Festland von der Insel trennte. Es war eine der schönsten Inseln meines Lebens, vor allem wegen jenes Hauses, auf das ich zufuhr.

IV

»KYRIAKI ANOICHTA – SUNDAYS OPEN«
STOPP BEI LIDL

Dieses Mal war alles ganz anders.

Die Welt schien auseinanderzufallen, und die Menschen lebten so, als wäre Lieben nicht mehr das schönste aller Tuwörter.

Dieses Mal war alles ganz anders.

Jetzt war ich hier.

Angekommen auf der Insel.

Erste Station war Lidl. KYRIAKI ANOICHTA las ich da. SUNDAYS OPEN. Und mir schwante, dass ich nun in einer anderen Zeit lebte als in meiner. Im alten Lied hieß es »Sonntags nie«. Das klang in meinen Ohren als Lästerung: Sundays open.

Lidl hatte einen riesigen Markt am Rand der Inselstadt eröffnet, und es gab Menschen auch hier, die dachten, nun erst begänne das richtige Leben, so wie einst bei uns, als die erste Aldi-Süd-Filiale ihre schäbigen Tore »long ago and far away« öffnete, als wäre es die Zukunft. Dabei war es das Ende zumindest aller Tante-Emma-Läden, nicht nur in Lefkada, sondern auch zu Hause in ganz Europa. Da standen nun überall riesige Einkaufswürfel herum, durch die sich der Mensch schleusen ließ, mit den Einkaufswagen, die, wie die Lidl-Einkaufswürfel auch, überall gleich aussahen. So fuhren sie oftmals schwerbeladen zu ihrem Kofferraumdeckel und verstauten alles. Und fuhren los, wohin auch immer. Und kein anderer als der nachgeborene Mensch sah darin eine Möglichkeit, wenn nicht einen Beweis, dass immer alles besser wurde, das Leben einfacher und günstiger. Was früher Fortschritt hieß, kam nun mit dem Wort Globalisierung daher, doch die Welt schien mir trotzdem weniger geworden. Und keineswegs schöner.

Die Welt war im Lauf meiner Jahre verwechselbar geworden.

Längst gab es Fertighäuser, die man sich zwischen Flensburg und Berchtesgaden im Katalog bestellen konnte, die man sich dann noch nach den eigenen Vorstellungen gestalten konnte und auf winzigen Grundstücksflächen in Amsel-, Drossel- und Finkenwegen in zwei, drei Tagen hingestellt wurden. Das ganze Land sah nun entsprechend aus. Ein Carport, besser noch zwei, durfte auch nicht fehlen. Ein mülltrennungsgerechtes Leben … So sah es nun, unabhängig von jeglicher Verortung oder Verankerung nach den Vorstellungen der »Konsumenten«, der »Verbraucher«, die den »Menschen« abgelöst hatten, überall aus. Der Mensch lebte nun als Verbraucher in seinem digitalen Weltverständnis.

Immerhin hatte der Lidl von Lefkada noch einen guten alten Parkplatz.

Mittlerweile war mein Reisegefährte im Lidl verschwunden.

Mit einem Einkaufswagen, den ich von zu Hause kannte. Dann eben Lidl. Auch wir mussten von etwas leben; und dazu bot uns Lidl seine erste Hilfe an. »Das war vernünftig und sehr bequem.«

Mir blieb das Einkaufen erspart, denn ich hatte einen Menschen bei mir, der mir seit Jahrzehnten weiterhalf im Leben. Mein Lebensmensch war in den blau-gelb-rot gestrichenen Flachbauwürfel hineingegangen, und ich wusste, dass er da lange nicht herauskäme. Und dann nach einer Stunde »es war sehr voll – ich habe es geschafft!« sagen würde.

Und ich sah derweil die Autos auf diesem Parkplatz und verglich sie mit meinem. In den Lidl selbst ging ich nicht, das überließ ich dem Menschen, der für mich sorgte.

Hier auf diesem Parkplatz ging das Leben auch weiter, zum Beispiel mit Warten und dem Leben zusehen, wie die Autos kamen und gingen; und fast war ich schon dabei, wie als Kind die Autos zu zählen, die an mir vorbeifuhren.

Das, worauf mein Duster stand, war wohl auch Makadam.

Ich dachte nun an den Makadam in meinem Dorf, unter dem mein erstes Gehen und Leben verschwunden war, beim kindlichen Versuch, dem Leben zu entkommen, und zu leben. Metapher Makadam.

»Wissenschaftler haben einen Zusammenhang zwischen dem Erschließen durch Straßen und dem Tod der Sprachen hergestellt.« Dazu brauchte das Opfer aber keine Wissenschaft. Augen und Ohren genügten mir. Und dabei rauchte ich meine erste Zigarre (das brauchte Zeit und ging nur im Sitzen), auf jenem Mäuerchen, an dem ich meine Dacia geparkt hatte und bald wartete wie im Lied *Ein Schiff wird kommen*. Bei mir war es zuerst mein Reisegefährte mit seinen Einkaufstaschen, auf den ich nun wartete mehr als je.

Ein wenig saß ich auch bald so verloren wie »Christus in der Rast«, ein beliebtes in Holz geschnitztes Motiv, vom Mittelalter an (eines der schönsten hatte ich in der Wallfahrtskirche zum Heiligen Blut mitten im neuheidnischen Bad Wilsmark gesehen), und dann besonders wieder nach dem Dreißigjährigen Krieg, das dem Menschen anderer Zeiten wohl das Leben leichter und das Sterben sanfter machen sollte. Und dem Menschen, der dies (alles) sah, zur Erkenntnis verhelfen, dass das Leben nichts wert war, als genügte ein Blick in die Welt zwischen Dornenkrönung und Kreuzigung.

Und wie die Zeit verging, nicht aber der Schmerz.

»In welche Himmelsrichtung wirst du dich verirren?« Das war ein Vers von Franz Hodjak, der auch aus dem Osten kam.

Was ich mir für die kommenden Wochen vorgenommen hatte, war keineswegs, das traurigste Buch des Jahres zu schreiben, das etwa mit einem Satz wie diesem begonnen hätte: »Von meinem Skelett waren vorerst nur die Zähne zu sehen. Und da sah es gar nicht gut aus.« – So hatte es mir doch gerade mein guter Zahnarzt gesagt, der, während ich auf Lefkada weilte, einen Sanierungsplan erstellen wollte, dessen Umsetzung nach meiner Rückkehr in Angriff genommen werden sollte. Aber darauf, dass er nur an meinem zukünftigen Skelett weiterarbeitete, ließ sich keine Zukunft und Zuversicht bauen.

Und währenddessen war ich von fanalartigen »Sundays open!« wieder einmal abgeschweift.

Lidl war auch am Sonntag geöffnet, hatte mit den Menschen und ihrer Hoffnung gespielt, denn in Griechenland und auch sonst wo auf der Welt kannten alle noch diesen

Filmtitel, Melinas Sonntagshoffnung auf Liebe, ach, wie sie auf jenem Liebesbett ihres Zimmerchens im Hafen von Piräus saß, rauchte und ihr berühmtes Lied sang: *But never on a Sunday* ... und dabei vor Sehnsucht und Hoffnungsschmerz beinahe zugrunde ging, dachte ich immer wieder. Die Liebe gehörte zu den schönsten Sonntagshoffnungen.

Sie sang da von Männern und Matrosen, vom Warten im Hafen von Piräus, und es stellte sich für sie wohl auch heraus wie für mich, dass die Liebe das Warten auf die Liebe war. In Piräus gab es keine Matrosen mehr, war auch nichts mehr, wo sich wie im griechischen Original »Limani« auf »Mexikani« reimte. In jedem Hafen ankerten nun riesige Containerschiffe, das Wort »ankern« hatte schon lange keinen Sinn mehr, und Piräus gehörte den Chinesen, deren Städte auch noch auf Melinas Lippen wie Verheißungen zergehen: Ich steh im Hafen von Piräus, ich liebe die Schiffe, den Hafen und das Meer ... das Lächeln der Matrosen ... aus Hongkong ... aus Jaffa ... aus Chile und Shanghai. *Ein Schiff wird kommen* – und Hongkong war auch längst geschluckt ...

Und später – nach diesem Film – war Melina in die Politik gegangen und griechische Kultusministerin geworden ...

Aber damals in Piräus hat Melina eine bessere Figur gemacht, dachte ich.

Piräus wurde aus Bosheit gegen Europa von den Griechen für ein Linsengericht an China verkauft; und nun war es aus mit »Sonntags nie«. Das hatte die alte weiße Frau hoffentlich nicht mehr erlebt, ich hoffte, sie war rechtzeitig gestorben, aber ich wollte Google nicht die Ehre antun, dass Google auch hier – über Melinas Leben und Tod – das letzte Wort hätte. Über unsere Liebe und mich. Ich ließ meiner Hoffnung das letzte Wort, und nun hoffte ich und werde ich hoffen, dass Melina Mercouri niemals erfahren musste, dass es mit Piräus jetzt aus war: dass sie in alle Ewigkeit nicht mehr auf die Liebe und den Matrosen aus Mexiko im Hafen von Piräus hätte warten dürfen. Selbst die Hoffnung wäre ihr ein letztes Mal genommen worden, die Liebe, die im Glauben an die Hoffnung bestand, die im Warten auf alles oder auf nichts. Und eine Zigarette nach der anderen, bei mir waren es Zigarren, deren Rauch im Himmel verschwand.

»In the backroom she was everybody's darling«, sang Lou Reed – und zweifellos war sie es auch für mich.

Dieses Mal war alles ganz anders.

Die Welt schien auseinanderzufallen und die Menschen lebten so, als wäre Lieben nicht mehr das schönste aller Tuwörter.

Die Afghanen waren stillschweigend ihrem tödlichen Schicksal überlassen, sitzengelassen und den Taliban ausgeliefert, die Menschen im Jemen und in Tigrai ihrem Hungertod, und so fort: In Tigray verhungerten die Menschen in einem Krieg, der uns allen so etwas von egal war! Aus Syrien flohen weiter die Menschen vor den Waffen und Lebensbedingungen, die wir Exportweltmeister ihnen geliefert hatten. All die Fluchten, denn der Mensch hatte keine Wurzeln, sondern Beine. Afrika wurde mit billigen Hähnchenschlegeln und anderen Abfallprodukten beliefert. Mit Muttermilch in Pulverform von Nestlé.

In Katar starben jeden Tag, auch am Tag, als ich auf meinem Lidl-Mäuerchen saß und es von außen vielleicht so aussah, als wartete ich immer noch auf das Leben und dabei eine Zigarre rauchte, Menschen. Und die Fußball-WM würde, falls mein Buch erscheinen sollte, auch längst vorbei und vergessen sein. Was in Libyen seit der grauenhaften Ermordung Gaddafis und dem Bombardement durch die Franzosen, Engländer und Amerikaner war, wollte auch keiner so genau wissen. In Saudi-Arabien spülten deutsche Hochdruckkärcher nach den öffentlichen Hinrichtungen das Blut der Hingerichteten hinweg. Im Jemen wurde gleichzeitig getötet und gehungert ... Aber da musste ich doch gar nicht so weit gehen. Mit uns kein Waffenexport! So die lügenhaften Versprechungen auf den Wahlplakaten.

Und mein Vater war auch tot.

Es gab Menschen, die waren glücklich, wenn sie nur das Wort Waffen hörten. Solche hatte ich schon als Kind kennengelernt, als Krieg gespielt wurde und unter manchem Weihnachtsbaum ein Kriegsspielzeug lag, das für eine Zeitlang so etwas wie ein Glück sein konnte. Und ich hatte noch das Gelächter der Kinder im Ohr, die triumphierten, wenn der Böse tot vom Pferd fiel. Und wenn es der Gute war, konnten sie auch weinen und heulen. Die Liebe zum Töten hatte sich manchmal in die Erwachsenenwelt und in den Bundestag hinübergerettet, die entsprechenden Exemplare beiderlei Geschlechts saßen dann im hochgeheimen Verteidigungsausschuss. Es war überall auf der Welt, aber irgendwo, Krieg. Und es gab Menschen, die liebten wohl Wörter wie »schwere Waffen« und »Haubitzen«, die mir nun in diesem Sommer, der hätte so schön sein können, zum ersten Mal offeriert wurden.

Eine tolle Geschichte! Von der Steinschleuder zur Präzisionsdrohne.

Was war der Mensch? Diese Frage war die Antwort.

Mord war im Lauf von wenigen meiner Jahre wieder Definitionssache geworden. Ich wusste nicht viel von mir, so viel aber schon: dass mich Wörter wie »Waffen« nicht glücklicher machten. Gab es denn »umweltfreundliche Waffen«? Die effektiver töten sollten? Und was war mit den Kriegsdienstverweigerern? Frage nebenbei: Was geschah denn mit den Kriegsdienstverweigerern von der guten Seite?

Bald hätte uns das schönnamige Corona zwei Jahre unseres Lebens gestohlen.

Und die Hoffnung, dass die Menschen wieder zueinander fänden, stellte sich als vergebens heraus, denn nach wie vor gab es Krieg auf der Welt. Und zwar überall. Und ein Land, das die Todesstrafe vollstreckte – das Gift wurde manchmal auch von uns Exportweltmeistern geliefert –, kam für mich als Vorbild ohnehin nie in Frage. Ich würde mich bald nicht mehr wundern, wenn auch hierzulande wieder einmal über die Todesstrafe diskutiert würde, wie in meiner Jugendzeit, als etwa Ministerpräsident Albrecht, der uns auch Gorleben beschert hatte, sich lebhaft für die Wiedereinführung dieser sogenannten Strafe einsetzte.

Dieses Mal war alles ganz anders.

Wir wussten zwar, dass Lieben das schönste aller Tuwörter war; und doch sah die Welt nicht danach aus. Ja, Kriege hatte es immer gegeben, mehr oder weniger, da steckte der Mensch dahinter, was ihn in meinen Augen nicht schöner machte. Es war der Mensch, und kein anderer, es war seine Lust auf schwere Waffen und so fort. All die Kriege … Sie schienen sich zu hassen und gingen aufeinander los. Haubitzen und schwere Waffen waren Hauptwörter.

Aber bitte umweltfreundlich. Umweltfreundliche Kriegsführung, bitte! Das war das Mindeste, von dem die einst so verheißungsvollen Politiker nun wohl insgeheim träumten. Und in den Medien sagte ein smarter Politiker, es gebe in diesem Krieg zwei Philosophien: die eine »Druck machen«, die andere »verhandeln«. Und ich staunte vielleicht ein letztes Mal, was aus dem Wort Philosophie alles geworden war, seit den alten Griechen und ihrem Staunen am Anfang. Druck machen und »muss jetzt liefern«: Das war das Erste, was ich morgens im Radio hörte.

Ich hatte gerade ein Buch gelesen ... Von jener Mutter, die aus Mariupol kam, sich das Leben nahm und zwei Kleinkinder mit einem Mann zurückließ, der kein Deutsch konnte. War es wirklich freiwillig? *Sie kam aus Mariupol* hieß das Buch, längst erschienen; und die Dichterin, die ich meinte, hatte eine Wunde, aus der es weiterblutete. Erinnerungsweise. Es fehlte wohl das Gerinnungselement des Vergessens. Eine Wunde als Quelle? Der Schmerz als Grund-Riss? Selig die Dichterin, deren Schmerz zur Sprache wurde, hatte ich an den Rand geschrieben.

Und aus meinem eigenen Leben hätte ich auch noch eine kleine Geschichte beizutragen ... und davon, wie zwar die Zeit verging, nicht aber der Schmerz.

Ich hatte zwar nicht im Krieg leben müssen wie alle meine Menschen vor mir.

Und doch saß ich damals jeden Tag an jenem großen Tisch zwischen Vater und Großvater, dem Ersten und dem Zweiten Weltkrieg. Gesprochen wurde zwar nicht, schon gar nicht davon und darüber, denn zwei der Kinder fehlten immer noch, sie waren vermisst – und blieben es. Aber der Schmerz war bei uns doch zu Hause und saß mit am Tisch.

Muss ich jetzt sterben?

Das war eine Kinderfrage.

Das Kind hieß Joseph, war mein dritter Onkel, und der wurde kaum zehn Jahre alt. Auch er zählte zu den ungezählten Kriegsopfern.

Und jetzt auch noch die Geschichte meines Onkels?

Es war Krieg, und lebensrettende Medikamente gab es nur für Soldaten, sie wurden noch zum Töten gebraucht.

Auf dem Weg ins Krankenhaus, auf einem Pferdewagen, auf dem auch noch der Vater und die Mutter sowie der Bruder saßen, also dann die Kinderfrage.

Die Schwester, meine spätere Mutter, musste zu Hause bleiben, denn sie war selbst infiziert, überlebte aber. Schon bevor es mich gab, war ich also mehrfach, auf der Vater- und Mutterseite, davongekommen. Das Krankenhaus hatte der kleine Joseph von seinem Zimmer aus jeden Tag sehen können, Luftlinie keine zwei Kilometer, war aber noch nie in diesem Krankenhaus gewesen. Dort angekommen, wartete im kleinen Operationssaal ein Arzt auf ihn, der dem Kleinen den Hals aufschnitt, woran er starb. Er wurde keine zehn Jahre alt.

Das einzige Fest, das er erlebte, war der Weiße Sonntag mitten im Krieg. Es war aber dieses Fest, bis auf die erste heilige Kommunion, ausgefallen. Sein Vater, mein späterer Großvater, war dann im selben Krankenhaus, nur nicht so schnell, gestorben. Der letzte Satz, den ich aus seinem Krankenbett heraus dann wenig mehr als dreißig Jahre später hörte, war: »Jetzt ist so viel Luft auf der Welt, nur nicht für mich.«

Mein Onkel hinterließ auch ein Gedicht, in dem sich »Weilchen« auf »Veilchen« reimte.

Und nun fror es mich bis in die Seele hinein, wie seine Mutter noch sagte.

Und ich wusste wieder einmal, wie die Zeit vergeht, aber nicht der Schmerz.

Auch an die Maul- und Klauenseuche konnte ich mich noch erinnern, diese Seuche, die einer der Höhepunkte meiner Kindheit war, diese lebensgefährliche Infektionskrankheit auf dem Lande, die uns die polizeiliche Ausgangssperre brachte und mehrere Totenköpfe um unser abgesperrtes Haus herum, mitten in meiner ersten Welt als Kind, über die ich vielleicht nie hinauskam.

Keiner klagte, als wäre das das Selbstverständlichste auf der Welt gewesen: weggesperrt zu sein, und einsam gestorben, wie bald in den mit der raffiniertesten neuesten Technik ausstaffierten Unikliniken, den Apparaten und den Medizintechnikern ausgeliefert. Das war noch etwas, was gegen den Menschen sprach. Das Wort Triage kam wenig später hinzu; und bald würde im Bundestag darüber abgestimmt.

Mein Leben hatte keinen Plot. Ich war jener Don Quichotte, dessen Lebensmensch wusste, dass er ihm beim Packen helfen musste.

Die hochinfektiöse Maul- und Klauenseuche, Kronzeugin mancher Virologen, die wenig später die Theologen in der Welterklärung ablösen sollten, hatte ich also auch überlebt. Ich hätte mein erstes Beispiel eines Überlebenden sein können, hätte ich damals schon von der lebensgefährlichen Tatsache gewusst, die das Leben war und sein würde, bis zuletzt. Bis es so weit war.

Und das war geblieben, und das war auch etwas.

Auf dem Parkplatz, der aussah wie alle, kam mir schließ-

131

lich nicht viel mehr als »c'est la vie« in den Sinn. Wie ich die Autos einparken sah und die Menschen aussteigen und mit ihren Plastiktaschen zurückkommen, als wüssten sie, wohin.

»In hundert Jahren wird keiner von ihnen mehr da sein.« ... Aber vielleicht doch das Baby, das nun in einem Kinderwagen der neuesten Generation in den riesigen, komplett auf 19 Grad herunterklimatisierten Lidl bei einer Außentemperatur von 35 Grad hineingeschoben wurde. Ich wünschte ihm ein schönes Leben ... Ich wusste es nicht, wie es mit diesem Kind, das schon jetzt weinte wie niemals in seinem späteren Leben wieder ... wie es mit ihm weiterginge ... und würde es niemals erfahren. Und war mir ziemlich sicher, dass ich keinen dieser Verbraucher, die sich seit Lidl eine schönere Zukunft versprachen, in meinem Leben jemals wiedersehen würde.

Aber als ich an meinem Schattenplatz hinter meiner Dacia auf einem Mäuerchen saß, sang ich schon wieder das alte Lied *Ein Schiff wird kommen* vor mich hin, der Film hieß: *Sonntags ... Nie!*

Ich wartete immer noch. Ach, das Warten! Worauf wartete ich denn? Auf das Leben? Gewiss auf es und ihn; und dass er bald aus dem Lidl herauskäme und wir bald angekommen an jenem in Ölbäume und Zypressen eingebetteten Haus über dem Meer und seinen Ausblicken. An den Swimmingpool dachte ich dabei keineswegs, jedes Jahr überlegte ich mir immer wieder aufs Neue, ob ich hineingehen sollte, bis es dann irgendwann zu spät gewesen wäre. Noch etwas, worüber meine Mitmenschen wohl den Kopf schüttelten oder was sie stillschweigend akzeptierten. Auf die Palmen, die einer Infektionskrankheit namens Palmrüssler zum Opfer gefallen waren, konnte ich auch verzichten. Nicht aber auf *Ein Schiff wird kommen*.

Vielleicht wird ja auch da ein Buch daraus, dachte ich wie im Flug. Oder ein Schuh, ein Holzwegschuh, mein Holzwegschuh.

Vielleicht begänne mein Buch – unter den Vorzeichen meiner Lebensjahre – so: In jener Zeit versuchte ich, mich mit möglichst wenigen Menschen zu treffen. Sie mit meinen Wörtern und Sätzen möglichst nicht zu verletzen. Ich wollte ihnen nicht mit Sätzen weh tun, ihnen nicht mit Tatsachen wie »Waffen gegen den Krieg sind wie Schnaps gegen den Alkoholismus« kommen, sie damit gar treffen und mich damit aus der Welt hinauskatapultieren. Oder ihnen auch nur Sebastian Castellio, einen der Begründer der modernen Menschenrechte, der selbst von Calvin blutig verfolgt wurde, an den Kopf werfen: »Einen Menschen töten, heißt nicht, eine Doktrin verteidigen, sondern einen Menschen töten.« Dafür wäre ich nun geteert worden, vielleicht sogar getötet worden.

Die Gier nach Macht, Sex und Geld war wohl, über alle Grenzen hinweg, das Einzige geblieben, was die Menschen verband. Glaube, Liebe und Hoffnung waren ein rückwärtsgewandtes Hirngespinst. Der Tesla-Elon-Musk-Humanismus, Weltraumflüge für Touristen. Künstliche Menschheit, im entsorgten Himmel Gott spielend, war aber längst auf den Weg gebracht, wie mancher Krieg. Und das Wort »international« war nun das übersetzbarste geworden. Und was früher Fortschritt hieß, nannte sich nun Globalisierung, und die Welt war digital geworden, und die Aufklärer haben immer nur einen Satz aus dem Schöpfungsbericht gelten lassen: Macht euch die Erde untertan! Das war der erste Satz des Fortschritts und die Generalformel der Globalisierung: Macht, was ihr wollt mit ihr! Trampelt auf ihr herum. Beherrscht sie!

Der fortschrittliche Mensch hatte sich seither an die Stelle Gottes gesetzt.

Von den anderen, die mit ihrem Leihwagen vom Flughafen her angefahren kamen, um sich hier für die nächsten Tage einzudecken und neben mir zu stehen gekommen waren, wusste wohl keiner mehr vom alten Film, der *Sonntags … Nie!* hieß; und schon gar nicht von Lale Andersen, die auch ihre Geschichte hatte, auch eine Liebesgeschichte mit dem Meer. Doch es gab Menschen, die so aussahen, als wären sie noch nie ins Meer verliebt gewesen, ganz bedingungslos. Als hätten sie am Meer immer nur braun werden wollen, um zu Hause aufzutrumpfen. Sie sahen so aus, als hätten sie das Aufatmen und die Sehnsucht, dass jetzt für die kommenden Wochen ihr Leben einen Sinn hätte, am Meer, noch nie erfahren. Sie verstauten ihren Einkauf wie immer. Und fuhren vorschriftsmäßig davon. Und wussten alles und fuhren mit ihrem Navi das Meer entlang und verzichteten auf ihre Augen, wie jene Transkontinentalflieger, die mich immer damit ärgerten, dass sie ihre Reise übers Meer auf dem Bildschirm verfolgten und kein einziges Mal zum Fenster hinausschauten. Und wenn sie am Fenster neben mir saßen, den Rollladen herunterließen und anscheinend nichts wissen wollten von weißblauem Himmel, Wolken und Meer. Und ich würde sie wohl niemals wiedersehen in diesem Leben. Was mich nun aber nicht in eine Depression versetzte und wieder einmal bewies, dass ich zu 99 Prozent wie die anderen war. Ich war ja auch nur einer von ihnen.

Ach, ich. Ich war bestenfalls eine Romanfigur, die schon die Rückfahrt gebucht hatte – es war dann nicht Otranto oder Brindisi, sondern Triest – auf einer Fähre, die *Asterion II* hieß, die ich von meiner Akropolislage auf Lefkada aus mehrfach unter mir allein in der Nacht auf dem Meer sähe, an Ithaka vorbei, einmal zur Linken, einmal zur Rechten. Der Kapitän wüsste nichts von mir. Und ich nichts von ihm.

Mein Lebensmensch, der tüchtiger war als ich, kam schließlich doch noch heraus aus dem Lidl. Es hätte für zwei Zigarrenlängen gereicht. Ich sah die vollen Taschen, wir fuhren los, noch einmal eine halbe Stunde, und dann waren wir am Ziel, und das Leben ging weiter.

V

INFINITYPOOL MIT ITHAKABLICK

Was machte ich hier? Nein: Was machte ich hier nun in den drei Wochen? Ich machte nichts. War schon zu faul, mich an den Swimmingpool zu legen.

Mich gehenzulassen war mittlerweile die einzige Weise meiner Fortbewegung geworden, gerade hier auf der Insel halkyonischen Glücks. Obschon: Gerade hatte ich mich wieder unter die Dusche gestellt, und auf Augenhöhe hatte ich durch die Badezimmerluke über den Infinitypool und das Meer hinweg nach Ithaka sehen können.

Nun waren wir hier, hier, ach hier, dieses Wort im Herzen der Sprache ...

Und jetzt? Das sollte alles sein? Die Frage kannte ich schon. Sie war wohl oftmals im Leben aufgekommen, angefangen mit dem ersten Mal.

Jetzt waren wir so lange auf kurvigen Wegen unterwegs gewesen, und dann nichts als ein paar Sätze mit Meerblick?

Es war wirklich eine schöne Dusche, wenn vielleicht auch etwas beengt. Eben so, wie es für Gäste genügen musste. Und entsprechend auch die Betten. Ich lag immer in der Küche, zwar nicht am Boden, aber doch auf der Matratze eines Ausziehsofas, die aber nichts zu wünschen übrig ließ. Immer mit dem Summen oder Surren des Eisschranks als

Cantus firmus im Ohr. Manchmal kam noch etwas Moskito-Musik dazu, nachts. Die Abende mit dem griechischen Wein, sie kamen und gingen, einer nach dem anderen. In einem der schönen Dörfer in Dacianähe, oben in Fterno, ganz nahe, oder auch gleich auf der riesigen Terrasse vor dem illuminierten Pool. Es waren Abende, die wir uns gar nicht schön trinken mussten.

Und am anderen Morgen dann die Gläser mit dem roten Grund, die ich immer ganz schnell ausspülte und wegräumte, samt den Flaschen, um meinen Menschen einen ersten hinabziehenden Morgenanblick zu ersparen, ja, so egozentrisch war ich doch nicht.

Als begänne so der Tag, so fing jeder Morgen mit dem Duschen an, also nicht mehr mit einem ersten Gebet noch im Bett, gleich nach dem Aufwachen, oder gar mit einer Morgenandacht, denn das Leben hatte sich vom Reinen auf das Hygienische verlagert, aufs zitronensaubere Leben auf Vileda-Wischmopp-Basis, du weißt es schon, meine liebe Leserin. Eigentlich wurde ich von meinem Lebensmenschen, der auf »Swiffer Wet« und »Bioluzil« schwor und dabei auch auf meine Augenbrauen, Ohrenhaare und Zähne achtete, in die Dusche gedrängt. Der scherzweise sagen konnte: »Wenn ich dich einmal ins Heim tun muss, dann werde ich den Pfleger anweisen, dich mit einer Banane oder einer Tafel ›Lindt Creation Crème Brulée mit knusprigem Caramel‹ zur Einwilligung ins Duschen zu bestechen.« Mir selbst wäre es niemals eingefallen, mich auch noch zu duschen oder ins Wasser zu gehen. Für wen schon! Es lohnte sich nicht mehr, dass ich mich duschte, angefangen mit mir selbst. Und es gab ja auch keine Menschen mehr, für die es sich lohnte, sich für mich zu duschen. Doch gerade dieser hübsche Satz zeigte mir wieder einmal, wie grob es zuweilen in meinem Kopf zuging. Denn tatsächlich gab es Menschen, die mir näher waren als ich mir selbst.

Zu spät! Troppo tardi!

Aber Augen hatte ich immer noch. Als wären sie zu meinem einzigen Verkehrsmittel geworden, und mit ihnen kam ich immer noch überall hin, mehr als mit meinen Händen und Füßen.

Und all die Schwimmerinnen und Schwimmer im hauseigenen Pool? Sie hatten mich einst noch aufgefordert, zu ihnen ins Wasser zu kommen, mitzuspielen und mitzuschwimmen. Bald ließen sie es.

Die Wörter »Infinitypool« und »Ithaka« passten auch nicht so recht zusammen.

Lag nun nicht wieder Ithaka auf der anderen Seite meiner Augen vor mir?

Was machte ich hier? Die Fragen reimten sich.

Ins Wasser würde ich kein einziges Mal gehen. Weder in den Pool noch ins Meer. Schon gar nicht ins Meer. Obwohl ich doch gar keine Art von Wasserscheu hatte. Es waren vielleicht die Raubtiere, es waren die lebenden und die toten, die da herumschwammen in diesem Bauch, der das Meer war. Und die Abfälle und all die Ausscheidungen des Lebens musste ich mir auch noch dazudenken, ich ausgezeichneter Frei- und Fahrtenschwimmer von einst.

Was machte ich eigentlich in diesen schönen Wochen?

Und doch! Es waren immer noch »Days of sweet expectations and light dressed happiness«. Und dann und wann ein Eis von Langnese, das »Ed von Schleck« hieß.

Wahrscheinlich würde ich mich gehenlassen, obwohl ich mich im Grunde nicht gehenlassen wollte. Außerdem hatte ich ja meine Dacia, mit der ich mich von diesem Traum-grundstück in Steillage – welche den Start, ob zu Fuß oder am Steuer, auch nicht einfacher machte – immer wieder zum Autowandern über die Insel aufmachen wollte und aufmachte. Und kein einziges Mal allein. Also dankte ich an dieser Stelle noch einmal für das schöne Leben. Und so viel wusste ich immerhin auch noch, dass ich beim Parken in Fahrtrichtung bergab den Rückwärtsgang einlegen musste.

Und mein Buch zu Ende schreiben sollte oder wollte ich in diesen schönen Wochen doch auch. So hatte ich es groß-spurig angekündigt. »Ich schicke Ihnen per WhatsApp ein Foto!«

Auch das hatte ich mittlerweile gelernt.

Die Tage verbrachte ich dann mit Nichtstun, mit Schauen, mit ausgedehntem Schlafen, Träumen und Nichtstun. Als wäre auch ich schon zu müde, um zu verblühen, wie die letzten Geranien im November. Oder zu faul, um abzufal-len wie die Nadeln der Lärchen, der Novemberköniginnen, die noch etwas länger meine Illusionen am Leben halten konnten und etwas Farbe in meine Spätherbstexistenz hin-einbringen. Doch nun war ich zu faul, selbst an das Ende des Herbstes vorausdenken zu wollen.

Ja, ich war faul in diesen Wochen im griechischen Licht, schrieb fast nichts, außer den an eine Lebenslüge grenzen-den Ankündigungen und Erklärungen, dass ich an meinem Buch schrieb, weiterschrieb. Lebte zudem ganz unsystema-tisch. Der Schreibtisch war leer, das wäre für den Systema-tiker vielleicht ein Hinweis darauf gewesen, dass es auch in diesem Leben eine Ordnung gab. Man hätte mich mit einem Philosophen in seinem Fass verwechseln können, der zu einem der Großen seiner Zeit »Geh mir aus der Sonne!«

gesagt hatte. Ich hatte also auch hier fast nichts als geschaut, als genügte mir das. Kein einziges Mal im Wasser gewesen war ich. Weder im Pool noch im Meer. Musste ich mich jetzt entschuldigen dafür, dass ich meine Zeit vom ersten Tag an nichts als verbummelte? Dass ich, angekommen, am ersten Tag nicht einmal meinen Koffer auspackte? Und meinen PC erst nach einer Woche hochfuhr? Als Entschuldigung hätte ich hier durchaus anbringen können, dass ich meine Sachen ja mit meiner sogenannten Hand schrieb, zuerst ins Tagebuch, eine Tatsache, deren Erwähnung meine Umgebung schon lange nicht mehr schreckte.

Also verlief der erste Tag im Sand, ich hatte nichts geschrieben außer jenem ersten Satz, auf den ich auf meinem Lidl-Parkplatz gestoßen war, der mir als Wegweiser dienen sollte: »Dieses Mal war alles ganz anders.« Und dann ging es mit »KYRIAKI ANOICHTA! – SUNDAYS OPEN« weiter. Melina Mercouri hatte noch *Sonntags … Nie!* gesungen.

Angesichts von Ithaka … fiel mir wieder meine Medikamentenbox ein, mit der ich nun Tag für Tag lebte. Ich hatte sie freilich auch nach Griechenland mitgeschleppt, wie früher Tante Mausi ihren Schminkkoffer, auch all die *Anti Brumms* und die Hilfsmittel, die mir in den versifften Hotels immer noch nötig schienen, also all die Salben gegen Haarläuse bis Fußpilz. Zu Hause hatten sie, die Medikamente, ihren festen Platz, auf einem fahrbaren Nähtischchen von Tante Mausi, gleich neben meinem Schreibtisch; und gerade hatte ich Besuch aus dem Verlag bekommen, meinen verehrten Lektor, der für meine Sachen zuständig war, und nun zum ersten Mal im Herzzentrum meines Lebens, Lesens und Schreibens stand. Das ist meine Werkstatt! Sagte ich, mich für alles entschuldigend, was da zu sehen war. Als wäre diese Unordnung nach außen hin eine Entschuldigung für mein Leben – und Schreiben. All die Bücher, die ich unmöglich alle gelesen haben konnte. Und dann noch den auf dem Nähtischchen festgeklebten Medikamentenplan, daneben das Wochenkästchen für die täglichen Tabletten, und alles, was da an Medizin und anderen Lebensmitteln herumstand ...

Als hätte er sagen wollen: »Ich bitte Sie: Ist das alles etwa für Sie?« So hatte er es wenigstens gedacht, als er diese Sachen inmitten meines Lebens stehen sah. Aber er hat sich doch nicht getraut, sah es zwar und tat so, als hätte er es gar nicht gesehen. Als hätte er es lieber nicht gesehen, so sah ich ihn vor mir stehen. Doch ... das ist alles für mich ... hätte ich nun sagen müssen. Denn in diesen Mauern lebte sonst keiner, auch keiner, der plötzlich aus einer Tapetentür heraus erschienen wäre ... Ja, bei der ersten Besichtigung meiner Wohnung, speziell auch meines Zigarrenzimmers – ich nannte es: meine Räucherkammer – sagte er nichts, nur so viel, dass er diesen Zigarrenrauch als durchaus angenehm empfand. Das Wort »Großvater« stand schon im Raum. Vielleicht löste dieser Geruch von Rauch ja eine Erinnerung aus wie bei Proust die Madeleines.

Er sah alles und sagte nichts. Und versuchte wohl, mein Leben mit diesen Büchern und dem Notfallset und der Erste-Hilfe-Box vom Roten Kreuz und all den teils verlebten Dingen unter einen Hut zu bekommen.

Ich und nichts ... Das eine war im anderen enthalten, wenigstens wortweise. Und nun dachte ich wohl schon an meine Reise ans Ende der Nacht voraus, an meine anstehende Rückreise auf der *Asterion II*, von Patras nach Triest.

Er sah alles und sagte nichts.

Und doch! Gleich hinter dem Fenster blühte es. Rosen, die sich noch lange zu verblühen weigern würden.

Und nach dieser erneuten Abschweifung, sorry!, sah ich auf und sah Ithaka vor mir liegen. Kein anderes Wort als nichts war in diesem Ich aufgehoben.

Doch statt nun endlich der Reihe nach zu erzählen, wie mein erster Tag in meinem lieben Haus gewesen war oder verlief, schweifte ich schon wieder ab.

Die es aber gerne der sogenannten Reihe nach hatten, denen hätte ich nun gesagt: Es war in der Zeit, als unsere Mütter starben. Was für ein Vogelscheuchensatz!

Und nun war Krieg. Überall war Krieg.

Meine Mutter hatte Mitleid mit den Menschen in der Ukraine und überall auf der Welt, wo sie von ihren Feldern vertrieben wurden. Beim Wort Ukraine dachte sie vor allem an die Menschen und ihre Weizenfelder, und wie das Getreide ineinanderhing, als wäre es Liebe.

Julia Timoschenko hatte damals ihr Haar wie ein ukrainisches Kornfeld zurechtgemacht. Vielleicht fuhr sie dieses Jahr auf einer der Yachten der Oligarchen vor mir auf dem Meer zwischen Skorpios und Ithaka vorbei.

Es waren Kriegszeiten. Das Wort »schlagfertig« sagte auch viel, wenn nicht alles. Manchen Menschen machte nun das Wort »Waffen« glücklich. Ich wusste nicht viel von mir; aber so viel schon: dass mich Wörter wie »schwere Waffen« und »Haubitzen« nicht glücklicher machten. Und die schnellen Medienexistenzen legten in den Talkshows nach einem ersten Satz, der Betroffenheit simulierte, los und redeten dann über den Krieg wie über ein Fußballspiel, das in jedem Fall gewonnen oder verloren werden konnte. Ich war für diese Kampfgeister verloren, die »Lackmustest« sagten oder von »Schnapszahl« sprachen.

Damals wurden die Nasen der Feinde als Beweise und Trophäen von den Japanern nach Hause geschickt – an den Kaiser. Den gab es immer noch. Und was war mit den anderen? Ich mochte keine Raubtiere. Die Nachricht von den Nasen erinnerte mich an mein erstes Leben, als ich auf Schermausfang gehen sollte, ausgerüstet mit den groben, analogen Hilfsmitteln, viel zu schweren Fallen aus Eisen vom Anfang der sechziger Jahre. Für jeden auf dem Rathaus abgelieferten Schwanz gab es fünf Pfennige.

Und dann das Wort »eindringen« in Kriegszeiten. Der Krieg verlieh Flügel. Töten, vergewaltigen – und andere Formen der Kommunikation … Mitmischen wollen … »nicht zu vergessen die merkantilen Interessen des Westens« … Und auch ein wenig so, als wären nun wieder die Jakobiner am Ruder. Eine Hochzeit des Homo necans, der mir sein Treiben als Idealismus im Kampf für die Menschenrechte verkaufen wollte.

Es war nicht Dazugehörigkeitsverlangen, sondern Wille zur Macht.

Bei all jenen, in deren Rudel ich hineingezwungen war von Anfang an, von der ersten Runde zum Warmlaufen in der Turnhalle an. Diese Leute aus der Turnhallenzeit meines Lebens waren jene, die nun »Druck machen« und »muss jetzt liefern« als ihre Hauptwörter im Sprachbesteck hatten, waren jene (zweifellos jene, die Darwin mit seinem »Struggle for Life« und »Survival of the Fittest« bestätigten), die nun auf den Sicherheitskonferenzen herumsaßen, in den Bundestagen und ihren Ausschüssen und Gremien und Talkshows, das große Alphagetier des Lebens. In ihrem utilitaristischen Lebensentwurf.

Die keinerlei Probleme mit dem Wort »warmlaufen« hatten, denen nicht ein einziges Mal der Verdacht gekommen war, dass mit diesem Wort etwas nicht stimmte. Sie dachten wohl eher, dass mit mir etwas nicht stimmte. War es etwa nicht so? Ja. Eher ja.

Jeder hatte wohl eine Wunde, aus der es weiterblutete, eine Wunde als Quelle eines Lebens? Selig, wenn einer schreiben konnte, erinnerungsweise eine zweite Gegenwart zu schaffen vermochte und gestraft mit dieser Bluterkrankheit, wenn das Gerinnungselement des Vergessens fehlte.

Der Schmerz war bei uns zu Hause. Und immer wieder hörte ich da den Satz: »Ich will endlich leben!!!«

Doch so geht es wirklich nicht! Hätte mir mein Lektor an den Rand meiner Sätze geschrieben.

Auf der Insel angekommen, fuhren wir dann vom Lidl aus die Westküste entlang, die wie ein oberitalienischer See aussah, den Blick aufs offene Meer nicht freigab, doch auf ein von hohen blauen Bergen geschütztes Idyll wie zwischen Bellagio und Cadenabbia. Oder Ronco und Cannobio.

Nun kam nur noch Nidri, mit Skorpios dahinter, der Insel von Onassis, die inmitten dieses seeartigen Blaus lag, wie hineingemalt.

Und davor noch eine kleine Insel, auf der Dörpfeld, ein deutscher Archäologe, hatte ein Haus bauen dürfen, weil er gesagt und geschrieben hatte, Homer meine mit seinem Ithaka gar nicht das heutige Ithaka, sondern diese Insel namens Lefkas oder Lefkada, auf der ich nun kurz vor meinem Ziel die Kurven auf der Höhe von Nidri entlangfuhr.

Vielleicht stimmte es, was der Archäologe behauptet hatte. Und ich wäre in diesem Fall schon vor über zwanzig Jahren zum ersten Mal auf Ithaka angekommen, vielleicht auch nicht.

Ich sah im Vorbeifahren zum ersten Mal dieses Jahr nach Skorpios hinüber.

Skorpios war zu einer Oligarcheninsel geworden, verlassener als je. Zu einem Spekulationsobjekt. Die neuen Besitzer kamen praktisch nie.

Und verwaist auch das Mausoleum mit den Überresten des Aristoteles Sokrates Homer Onassis, dessen Geschichte als Flüchtling aus Smyrna begonnen hatte (und auf Skorpios geendet). Ich mochte die verniedlichenden neugriechischen Namen nicht: Vasiliki, Nidri, Angeliki … Das Leben war doch kein Kinderspiel. Da war mir das harte, fast gezischte »Skorpios« als Name lieber.

Gerade in Nidri … fast schon zugebaut mit den kleinen Träumen, das meiste im Hüttenformat. Dazu sahen sie oftmals schon vor der Fertigstellung wie Ruinen aus, das war die griechische Steuerpolitik. Und was stand, sah nicht nach etwas Großem aus.

Dagegen die Callas, die genau diesen Ort wohl am Schmerzhorizont ihrer Liebe mit Ari von Skorpios aus sah, im Westen, da wo auch auf Onassis' Trauminsel die Sonne unterging, wie überall auf der Welt. Sie sang, in diesem schäbigen Ort an der Uferpromenade, die nun voller Yachten stand, zu denen die Buden von Nidri einen scharfen Kontrast bildeten. Es war hier, wo sie sang; und der Mensch, der es hörte, hätte weinen können.

Und nun hieß das Wort: Angekommen! Und ein Ausrufungszeichen musste auch noch sein, bei der Schönheit der Welt! Die mir wieder einmal so nahe gekommen war, dass kein Blatt mehr zwischen mich und sie passte. Es war Liebe, nichts als Liebe zwischen ihr und mir.

Es war an einem Tag wie diesem. Zur High-Noon-Zeit von Jahr und Leben. »Im Gelände die roten und die goldenen Brände«, und dazu all dieses Meer- und Himmelblau.

Angekommen, schaute ich als Erstes nach Ithaka hinüber, das in jenem morgenblauen Flimmer lag.

Ich schaute nach Ithaka hinüber, derweil Greta Thunberg bald auf ihrem Kreuzzug nach New York wäre, um die Welt zu retten. Sie hatte Millionen Follower, ich hatte meine zwei Augen.

Nun saß ich wieder in jenem Haus, das ich liebte, und sah von meinem Schreibtisch aus alles. Und mehr als alles. Und sah, wie nun quer durch mein Bild die erste große Yacht dieses Sommers auf Ithaka zusteuerte.

Am anderen Morgen …, und wie es war, zum ersten Mal in diesem Jahr am Meer aufzuwachen … Ich musste nur die Augen aufmachen, nicht einmal aufstehen von meinem Bett, das ich in der Küche aufgeschlagen hatte. Zwar verfügten alle Zimmer im Haus über einen Triple-A-Meerblick, wie ich in den Immobilienmagazinen hätte lesen können, doch dann war es hier, wo ich ohne den Pool dazwischen meinen Infinityblick haben konnte. Ja.

Am anderen Morgen sah ich die Inseln im Meer liegen, Meganisi, Akrotiri, die blauen Fernen von Kefalonia, und dann Ithaka … als schwämmen auch sie. Die Allmende der Augen und etwas Morgenwind in den Palmen und Oleanderbüschen. Gleich hinter dem Haus eine Quelle, Geburt des sprudelnden Wassers, das mir zu schade schien, um in einem rechteckigen Pool zu landen. Doch auch hier war das Wasser kaum sichtbar gekräuselt, und dazwischen, als wäre es eine Schlucht, das Gestein, und das Leben war in zahllosen Grüntönen von Schwarzgrün bis Silber aus Oliven, Korkeichen und Zypressen eins, dahinter in Augenhöhe das Bergdorf namens Poros, meerabgewandt, piratensicher, und ich hatte mir sagen lassen, dass die letzte Frau, die niemals unten am Meer gewesen war, immer noch lebte. Wer weiß, vielleicht hat sie es auch nie bis zu jener Stelle um den Fels geschafft, von der aus sie das Meer hätte sehen können.

Von drüben kam die Zuversicht der jungen Hähne; und je älter ich wurde, desto herzzerreißender waren sie. Woher diese Zuversicht? Fragte sich einer, der schon wusste, wie ihre Geschichte ausging. Das Morgenlicht und das mit dem Himmel verschwimmende Blau, die Allmende aller Augen. Ich nahm an, dass dieser Morgen ein Glück war für sie alle, so dass sie vergaßen, wo sie waren, und wann es war.

Und sah mich schon wieder rauchen, ich sah, wie an diesem Morgen zum ersten Mal in diesem Jahr mein Rauch mit meinem Himmel verschwamm.

Ich zählte die Boote in der Bucht, so wie wir früher als Kinder die Autos, die an uns vorbeifuhren, zählten, als wäre es ein Kinderspiel. Und wer in seiner Richtung mehr Autos zählte, hatte gewonnen. Manchmal endete das Spiel in einem 0:0.

Die Augen genügten mir auch hier. Mit den Augen kam ich immer weiter als mit meinen Beinen.

Einst hatte ich mich auf den Weg gemacht, im Glauben,

irgendwo anzukommen. Wo es noch schöner war als da, wo ich war.

Und als ich noch Menschen hatte, die auf mich aufpassten, hörte ich auch noch: Du wirst es schon schaffen.

Was hieß schöner? Dass die Bucht mit dem Schiff schöner war als ohne? Ich sah auf diese neueste Yacht hinunter, die ich vom letzten Mal noch nicht kannte.

Schiffe waren etwas so Schönes. Meer und Welt waren schöner mit Schiffen als ohne. Ich liebte Menschen, die Schiffe liebten, von einer Yacht träumten oder wenigstens von einem Segelboot; und wenn es nur ein Motorboot auf einem Fluss gewesen wäre, dann nur auf einem mit dem möglichen Endziel: Meer. Beim Wort »Meer« hörte ich immer ein Ausrufungszeichen mit. Ja, ich staunte bis zuletzt. Selbst noch ein Schiffswrack vergegenwärtigte mir etwas Großes ... Die Hauptattraktion der Insel war ein gestrandeter Kahn, der in seiner rostroten Gegenwart vor einer Klippe im türkisblau umspielten Sand lag. Verschlagen in die schönste Bucht, lag da, als wartete er immer noch auf etwas. Als ich zum ersten Mal hierhergekommen war, da hatte der Strand noch »Paralia« geheißen. Jetzt war alles »Beach«, also ausgesprochen etwa »Bietsch«.

Sollte ich umsonst braun werden? Und so schöne Fragen, die mir auch nicht weiterhalfen, drängten sich schon wieder in meinem verqueren Inneren. Würde ich als Mann der schönen Sätze enden?

Als ich vor zwanzig Jahren zum ersten Mal hierhergekommen war, zeigte der Hausherr voller Stolz auf dies alles, als wäre er Meerbesitzer und auch Eigentümer dieses Himmels darüber, als regierte er dieses unbeschreibliche Blau.

Ja, es war unbeschreiblich; und dieses Wort war nicht der Faulheit eines Schriftstellers geschuldet, der immer noch »ich« sagte.

Mit ein paar Handbewegungen wies er damals nach drüben; und von den anderen zwei Gästen, Caroll und Mike, Freunden, die aus Australien angereist waren, hörte ich ein großes »Wow!«, als Micha mit seiner weit ausgestreckten Rechten hinüberzeigte und »das ist Ithaka!« sagte. Mit seiner großen Handwerkerhand konnte er halb Ithaka abdecken. Das ließ sich nicht fotografieren.

Homer schaffte es auch nicht weiter als in seine immer noch unsterblichen Verse. Homer, mit der Gabe der Blindheit versehen, hatte zwar das Meer nie gesehen, und hatte es auch nicht nach Ithaka geschafft, und doch hatte er alles in seinen Versen durchmessen und die Welt und das Meer aufleben lassen bis zum heutigen Tag.

Was für ein Übersetzen!

Und mir, dem alten Linkshänder, fiel dazu nichts als ein Satz von Dostojewski ein: »Dein Kleid wird rauschen, und mein Herz wird stillstehen.«

Von zwei bis fünf, in der grellsten Mittagshitze also, waren wir zu zweit dann mit meiner Dacia in Richtung Berge aufgebrochen, um zuerst, wie es mir aufgetragen war, ganz in der Nähe des Hauses im besten Licht das Foto, das den Umschlag meines Buches zieren – sagte man »zieren«? – sollte, zu machen. Und dann weiter nach Hagios Elias, von Dorf zu Dorf, mitten in der Siesta, die anderen waren entweder am Meer oder dösten zu Hause vor sich hin, als wir die Kurven hinauf zum höchsten erreichbaren Punkt der Insel unterwegs waren, das war schon ein wenig verrückt. Und »ein wenig verrückt«: Hatte ich das nicht immer wieder einmal von mir sagen gehört? Ich wollte es einmal im Jahr richtig heiß haben und den heißen Fahrtwind spüren, also nicht mit Air-Condition durch den Inselsommer!

Zurück …

Dem Leben zuschauen?

Dem blühenden Oleander? Und vor allem liebte ich jene blauen Blumen, meine Lieblingsblüten aus der Familie der Malven, die Straßen entlang in wilden Ausbuchtungen über die Mauern hinweg, so sehr, dass sie in einem sogenannten gepflegten Garten als Unkraut galten, und ich bekam einen Ekel vor dem Wort »gepflegt«, so wie vor Menschen, die es gerne »gepflegt« haben wollten.

Bald auch hörte ich die Rabenkrähen auf einem der wackeligen Elektromasten, und ich wusste nicht, was mir weniger zusagte: der Anblick oder ihr Krächzen, und dass es Ornithologen gab, welche die Krähen zu den Singvögeln rechneten. Und schon schlichen sich noch ganz andere Zweifel ein.

Das Meer, die blaue Lüge. War am Ende doch nichts als der Bauch, in dem alles, samt den Träumen und den Lügen, verschwand.

Und doch blätterte ich bald wieder im mitgebrachten Reisemagazin, das *Reise und Preise* hieß. Mein Leben reimte sich eben.

»Glück war nicht viel mehr als die Abwesenheit des Schmerzes.«

Doch manchmal – im Leben unterwegs – fuhr ein Schmerz in mich, dass ich mich nur noch mit den Augen zu bewegen traute.

Und das Leben, dieses immer noch nicht abgeschlossene Etwas?

Ich vernahm, dass selbst das Meer zu Zeiten gegen meinen Schmerz nicht ankam.

Das Meer lag dann in meinen Augen mit seinem »Ich bin, was ich bin«. Und wenn er – der Schmerz – verschwunden war, dankte ich den Erfindern aller Schmerzmittel und betete ein Vaterunser für sie.

Als ich nach zwei Stunden aufsah, war es immer noch da. Und konnte mich wieder bezirzen mit seinem unnachahmlichen Blau.

»Die Farbe seiner Haut war blau.«

Und nun an diesem ersten Tag in diesem Jahr, setzte sich keine andere als diese Frage in meinem Kopf fest:

Was mache ich hier? Das soll Ithaka sein?

Ithaka, ja. Ich kannte es, Odysseus, den Saustall und die Sauhirten, und dachte mir hinzu, was er als Erstes vorgefunden hatte.

Und bald fiel mir wieder das Gedicht von Kavafis ein.

Ich überlegte mir ernsthaft, ob ich es auch dieses Jahr lassen sollte, und noch ein paar Jahre warten, bis ich das Boot nähme.

Und schon war es Abend.

Es war in jenem Haus, das meinem Schwager gehörte, einem hinreißenden Schrotthändler namens Micha, der irgendwie auch ein Kind war, und mit seinen Drohnen stundenlang um die Yachten in der Bucht von Poros, die vor meinem Fenster lag, herumfliegen konnte, die noch nicht digital bewaffnet waren und gegen einen Drohnenangriff auch nicht gewappnet. Und mit seinen Söhnen stundenlang spielen konnte, als wären diese Kinder nur ein Vorwand gewesen, selbst weiterspielen zu können. Sein Spielzeug flog bis zu fünf Kilometer hinaus, so auch zu jener Yacht von

Abramowitsch und dergleichen hin, und kam mit den tollsten Aufnahmen zurück. »Das ist einer, der Micha, den kannst du überall hinstellen! Auch zum Abbau von Zirkuszelten und ganzen Rummelplätzen«, hörte ich seine vielen Bewunderer und Bewunderinnen sagen, die erste war Michas Mutter. Und Frau Fink, die ihn auch kennengelernt hatte, sagte von ihm, mit dem sei sie immer gut angezogen. Und meinte Michas Frau, der mit einer wie ihr auch gut angezogen war. Die zur Freude aller, die für so etwas Augen hatten, an jenen Tagen halkyonischen Glücks zwischen Swimmingpool und der schattigen baumgekrönten Liegewiese hin und her ging.

Unter den lindenartigen Baumkronen hindurch hatte man nun so den allerschönsten Blick nach Ithaka. Die ganze Welt auf einem Bild.

(Im Hinterhersehen hatte ich es auch ziemlich weit gebracht.)

Mir waren trotz allem Menschen lieber als meine schönsten Sätze.

Wegen eines einzigen geglückten Satzes so lange warten?

Mann und Frau: Das waren Wörter aus dem Tierreich.

Als wäre er das erhoffte Kind?

Ja, der Stammhalter seiner Existenz im Schreiben?

Angekommen in meiner Bleibe für die kommenden Wochen, versuchte ich eine kleine Zusammenfassung, eine Lehre aus allem, was ich …

Doch ich wollte keine der Trostlosigkeiten, die es gab, aufschreiben, sondern so etwas Schönes wie die Bretagne in einer Mordgeschichte von Monsieur Bannalec, die am Meer spielt.

Was machte ich hier? Doch ich war selig.

Sayn war fast schon vergessen. Und ich rauchte meine erste Zigarre wie Melina Mercouri auf ihrem Hafenbett sitzend, und bald hörte ich, wie sie sang, und wie sich in ihrem Lied »Limani« (im Hafen) auf »Mexikani« (der Mexikaner?) reimte.

Glück war die Abwesenheit des Schmerzes. So hatte ich es gelesen.

Schmerz war das Warten auf den Matrosen und der Grund-Riss ihres Lebens. Das Warten auf die Liebe war die Liebe.

So hätte es sich dereinst herausgestellt im Leben.

Was war die Liebe mehr als eine erste Wunde, aus der es ein Leben lang herausblutete? Gewiss oder nicht: Am Ende wären es nur noch Nachblutungen. So glaubte ich, es erlebt zu haben, und auch gesehen und gehört, bei Melina und Lale Andersen.

Und Heimat gab es auch nicht für mich, wohl aber Heimweh.

Die Flamboyantes, meine Lieblingsbäume vor Ort und in den Tropen, blühten, als wollten sie das daneben leuchtende Blau eines Baumes, dessen Namen ich nicht kannte, in ihren Blütenschatten stellen.

Und ich sah bald auf ein Leben hin, als wäre es ein Joint Venture aus »Fit for Fun« und Fun, als gäbe es nichts anderes mehr auf der Welt als Sport auf alle Arten und in allen Stellungen. Noch nie sah ich so viele Menschen in so kurzer Zeit in den Pool, der mich vom Meer trennte, springen. Und ich fragte mich, wie Wörter wie Swimmingpool und Ithaka zusammenpassten auf so engem Raum. Oder passen Ithaka und Infinity-Swimmingpool etwa zusammen?

Am Fest der Entschlafung (Mariae Himmelfahrt) hörte ich von Poros her keinen Priester mehr singen. Und nicht die Glockentrommeln.

Dieses Mal war alles ganz anders. Nur das war beim Alten geblieben, dass die anderen die Ikonostase des Kirchleins von Poros nie gesehen hatten. Nicht einmal von ihr wussten, und hätten sie es gewusst, wäre es ihnen egal gewesen.

Die kleine Landmagd, das Kirchlein von Poros, am Steilhang gegenüber, mit dem Abgrund dazwischen und der Atmosphäre.

Die alten griechischen Kirchen hatten ja gar nichts Auftrumpfendes; und auch das war geblieben: dass ich auch dieses Mal nicht nach Ithaka käme.

Die Welt des Sports: Als wäre es eine Entscheidung für das Diesseits, das den Menschen vom Jenseits trennte. Von der Sehnsucht und vom Singen der Sehnsuchtslieder, alle zusammen. Im Sport wurde nicht mehr gesungen, sondern gegeneinander triumphiert. Wo gesponsert und gesportet wurde, wurde nicht mehr gesungen, nur immer wieder »We are the champions« gegrölt. Und nicht mehr geträumt – sondern tatkräftig an sich gearbeitet mit dem Ziel des Einen. Es war auch ein Sieg des Darwinismus: Der Sport hatte die Welt erobert. Fit for Fun, Survival of the Fittest. Und die fuhren vor mir im Meer auf ihren Yachten herum und konnten digital verfolgt werden. »Ich habe sie!« Gemeint war die Yacht von Abramowitsch, die nun von Michas Drohnenkamera ins sogenannte Visier genommen wurde.

Und als wäre es nicht genug gewesen, konnte ich alles beobachten, und auch, wie er von seiner Terrasse in Akropolislage aus mit seinem riesigen, fest installierten Fernglas, einem weiteren Spielzeug, tagsüber die Schiffe beobachten konnte und nachts den Mond und die Sterne. Und ich auch. Und die selbstgezimmerte Hütte des kranken Nachbarn auch. Der – er hieß Bryan – war nach zu viel Sonne zurück nach Schottland gegangen, wahrscheinlich zum Sterben, und hatte auf seinem Gelände einen Bootsfriedhof hinterlassen.

Doch dieses Mal war der Kontakt zu Michas Drohne abgebrochen. Wohl abgestürzt im Ionischen Meer vor der Küste Ithakas, getroffen vom bordeigenen Abwehrsystem dieser Megayacht, die wohl doch mit so etwas ausgerüstet war, unschädlich gemacht, wie es in der Fachsprache hieß. Und wieder einmal war es aus mit dem Spiel, *Das Spiel ist aus*, so hieß das Buch, das ich ohne einen Punkt und ein Komma auszulassen an einem Stück gelesen hatte in meinen vier Wänden, im Glauben, es brächte mich weiter, mit sechzehneinhalb. Sein Autor, der mich damals ein Stück weiterbrachte in meiner Erkenntnis von heute, dass es keine Erkenntnis geben könne, die vorhielte bis zuletzt, also, sagen wir: bis zum Totenbett, auf dem mancher Altstalinist Marienlieder sang, hatte den Nobelpreis abgelehnt, dann aber doch wegen des Geldes nachgefragt. Das war auch noch ein Gott meiner Jugend, in jener götterreichen Zeit. Sartre war sein Name, und er war verwandt mit Albert Schweitzer, der auch Orgel spielte, den Nobelpreis für den Frieden aber für etwas anderes bekam. Sartre lebte als philosophierender Schriftsteller von Heidegger her, den er in Freiburg besuchte, und hatte in einem Sessel Platz genommen, der mittlerweile in meinem Wohnzimmer gelandet war, wie auch Heidegger selbst in meinem ersten Buch.

Zurück zu den Oligarchen und ihren Seefahrzeugen! Die Yacht von Abramowitsch galt eine Zeitlang als die größte und die teuerste »auf der ganzen Welt!«, wie Kinder mit Ausrufungszeichen sagten, wenn sie von ihrer liebsten Freundin sprachen. Ich kannte sie aber auch schon so, diese Yacht, von den Abbildungen in den Hochglanzmagazinen, die ich freilich nicht las, doch aus Langeweile oder zur Ablenkung von meiner Angst hatte ich beim Warten, bevor ich in die Röhre geschoben wurde in der Praxis des Röntgenologen, in einem solchen Magazin geblättert, da war diese Yacht abgebildet, da stand auch ihre bisherige Lebensgeschichte und auch etwas über den Kauf der Insel durch den Oligarchen.

Auch sie war also unterwegs nach Ithaka. Und ich auch. Es gab eine entsprechende App – nach meiner Erfahrung mit der Sächsin in Tuttlingen hatte ich mich kundig gemacht –, da wurde man informiert, ob das Schiff auch gemietet werden konnte, und was das pro Tag kostete. Über eine Million Dollar in der Woche. Die Mannschaft war da inbegriffen, nicht aber das Schweröl. Das wusste ich alles von Micha, wertvolle Infos von nebenher.

Diese Yacht hatte wie alle anderen Ithaka angepeilt, dann aber waren sie, als sie feststellten, dass es sich bei Ithaka auch nur um nichts als eine Insel handelte, weitergefahren, zurück ins Leben nach Ithaka, und ihre Wege wurden in Seemeilen gerechnet, eine Galionsfigur entdeckte ich nicht. Ja, es konnte sein, dass es nun Menschen gab, die nicht mehr wussten, was eine Galionsfigur war.

Die Yacht war in jener sympathischen Reederei, die auch für so viele Arbeitsplätze sorgte, gebaut worden, neben deren Besitzer und Betreiber ich in Bremen, am Abend meiner Rückkehr vom Kilimandscharo, an einem runden Tisch in meinem Smoking in meinen Lackschuhen gesessen hatte, und das sah vielleicht noch etwas merkwürdiger aus als sonst. Ich hätte diesen Reeder nun gerne gefragt, ob er sich wirklich an jedes Schiff erinnern könne, das eine seiner Werften, ob nun in Bremen oder Hamburg oder sonst wo, verlassen hatte.

Auch Onassis konnte von einer Stelle seiner Insel aus nach Ithaka sehen und selbstverständlich mit dem Schnellboot fahren. Mit der *Christina*, so hieß seine Yacht, ohnehin.

Er war auch schon ein Oligarch, ohne so genannt zu werden. Man sagte damals einfach Multimillionär. Klimaanlagen gab es auf dem Schiff des Odysseus wohl nicht. Oder doch?

Ich hätte nun nicht sagen können, ob die *Christina* immer noch unterwegs war auf den Sieben Meeren. Aber sie war, so viel hätte ich sagen können, von ihrem Heimathafen aus immer wieder auf dem Meer unter meinem Fenster vorbeigekommen, in die Ferne und nach Hause, auf jenem blauen Streifen zwischen Ithaka und mir. Anders ging es gar nicht.

Etwa eine halbe Seemeile vor unserem Fenster hatte dieses Jahr im Meer von Mikros Gialos eine Oligarchenyacht gelegen, die wie ein Kriegsschiff aussah. Doch wenn die Hauptaufregung eines Tages am Meer dann ein Gecko unter dem Kopfkissen war, wusste ich der Welt auch nicht mehr zu helfen.

Ich sah, wie die Riesenyacht gerade quer durch mein Bild fuhr, das ich mir vom Meer und dem Himmel und von Ithaka gemacht hatte. Also auch quer durch meinen Kopf mit seinen Neuronenbahnen. An Freunde, die es zu meinem größten Glück immer noch gab, schrieb ich, zum Beispiel von der Insel: Liebste Karin, ich sähe mich gern anders als ich bin, werde dadurch aber nicht so, wie ich gern wäre. Im Original des Satzes hatte es aber »als ich mich gern sähe« geheißen. Sie warteten auf den Text. Ich sagte, ich schriebe fleißig und wäre schon ganz schön vorangekommen, ja bald fertig. Ja, das war durchaus meine Hoffnung. Meine Lüge bestand im nichtstätigen Hinausschauen und Bildersammeln.

Ich hoffte immer noch, dass mir die Wellen die Sätze zuspielten, den Olivenhang zu mir herauf. Und dachte schon wieder an die Mäuse, die ich bei meiner Rückkehr nicht mehr lebend antreffen wollte. Und konzentrierte mich lieber auf das Schauen, das Essen, den Rotwein, den Zigarrenrauch, das Meer, auf die Nacht und die Sterne.

Mir kam nun die aufgehobene Zeit in Gestalt einer Parfümflasche in den Sinn. Sie war vom Vorbesitzer, dem Herrn von *auto motor und sport* zu mir gekommen: Aufgehobene Zeit, wie in einer von Herrn Pietsch geerbten Parfümflasche, die ich – nachdem sie vor vielleicht dreißig Jahren zum letzten Mal gebraucht worden war, vielleicht am Abend, auf dem Weg zu einem schönen Abend, so hoffte ich es im Nachhinein – von ihrem Platz im Badezimmer weggenommen hatte, um daran zu schnuppern, und siehe: Das Leben kehrte zurück …

Es oder ich: Wo fand ich mich nun schon wieder, zwischen zwei Himmelfahrten unterwegs?

Aus diesem Tag wird nichts … Ist denn die Welt nicht übrig?

Mag sein. Für andere vielleicht. Dachte ich.

Mein Buch sollte ein Sommerbuch sein – oder werden. Angesiedelt zwischen zwei Himmelfahrten. Und in allen Himmelfarben. Das war der Zeithorizont meines Schreibens überhaupt. Der Versuch, hell zu sein – oder etwas Licht hineinzubringen. Nichts anderes wollte ich. Doch dann wäre es wohl wie in jenem Vers: »In welche Himmelsrichtung wirst du dich verirren?«

Als wäre nur so viel klar: dass dem Menschen und mir nichts anderes übrigbliebe, als sich zu verirren? Schon bei meinen frühen Welterkundungen wusste ich oftmals nicht, was oben und unten war, früher oder später, vorne und hinten, wo etwas begann und wo etwas endete. Seit dem 21. Juni ging es eigentlich nur noch bergab. Die Natur verfuhr sehr listig mit uns: Sie setzte uns so lange zu, und ließ uns immer weniger werden, so dass wir zuletzt einverstanden waren und ja sagten zu allem, zum Blühen und Verblühen, zum Leben und zum Tod.

Der Herbst, wie er uns diese Wahrheit vorführte Jahr um Jahr, hätte uns, alte und junge, weiße und schwarze Männer und Frauen, und wen weiß ich, immer wieder aufs Neue einüben können in eine letzte Erkenntnis.

Nur in den seligen Tropen, besonders in Richtung Äquator, wo bis zum Jüngsten Tag die Sonne an dergleichen Stelle verschwände, bliebe dem Menschen diese Erkenntnis erspart. Dafür mochte er dort andere Erkenntnisse wittern, von denen ich nichts wissen konnte.

Bald wäre der 1. Oktober und kein Zweifel mehr möglich. Zwar blühten auch dann die Rosen noch. Doch es ginge unerbittlich bergab mit dem Leben und Blühen. Und so lange, bis auch der unwilligste, uneinsichtigste der Menschen ganz zuletzt ja sagen müsste zum Nein, zu »Sag, es war nichts«. Zwar wäre noch alles licht und leuchtete noch eine Zeitlang wie in jenem Bild, dem der Maler, der damals genauso alt war wie ich heute, zwei Titel gegeben hatte: Einer hieß

Seasons of Life, der andere *Glowing Fall*, beide stimmten. Alle möglichen Farben wären noch dazugekommen, es blühte in einem unerhörten Gelb, Rot und Blau, in helleren und dunkleren Tönen bis hin zum Schwarz; manche von diesen Farben waren irdischer, schwerer, andere lichter. Und wäre mein *Glowing Fall* nicht zweimal signiert gewesen, unten und oben, dann hätte ich wieder einmal nicht weitergewusst. Wobei offenblieb, was »unten« und »oben« war in diesem Bild. Der Künstler wollte es so. Sein Name war Tobey. Mark. Das war ein Name, sehr genau. Und dass sein Bild in alle Richtungen lesbar war. Es wurde fälschlicherweise der sogenannten »Abstrakten Kunst« zugerechnet. Also etwas, das etwas sein sollte, was unabhängig von unserem Leben sein konnte, etwa wie die Mathematik, das wohl gar nicht möglich war. Oder lebte der Künstler jemals mehr als in jenen Augenblicken des Glücks, als er dieses Bild malte, als Wörter wie »oben« und »unten«, »abstrakt« oder »gegenständlich« keine Rolle mehr spielten?

Wenn ich in meinem Leben mit gemalten, unsignierten Bildern, die irgendwie als »abstrakt« galten, doch wissen wollte, was unten und oben war, dann half mir aufs erste ein Blick in die Natur weiter. Der Boden, also unten, war auf der dunklen Seite, das Helle, das Lichte, also die Himmelseite war oben. Und so war es auch mit den Bildern, bei denen ich »oben« und »unten« nur über die Farben herausfand. Auch wenn dies mancher Künstler bestritten hätte, der mit solchen Bildern und alten Metaphern nichts zu tun haben wollte.

Doch auch in meinem zukünftigen, nicht allzu fernen Herbstgarten, der immer noch mit dem himmelhohen Blühen eins war, als wäre jedes Bild ein Abbild von Himmel und Erde, wenn ich nur an die Mädchenaugen, die zu denen gehörten, die bis zuletzt blühten, dachte, könnte ich dann dieses Prinzip realisiert sehen. Die Erdfarben schienen sich eher zu ducken, wie die ebenerdige Fette Henne, als wäre sie mein Lieblingsunkraut. Dagegen »Coreopsis«, die Mädchenaugen, hinaufblühend bis zuletzt, das wäre meine Oktoberliebe.

Da konnte ich auch noch auf ein unverhofftes Himmelblau stoßen und auf ein Rot, das sämtliche Unglücksprophe-ten mit ihrem »Es ist aus!« Lügen strafte. Das Gegenteil war der Fall – bis zuletzt.

Es war ein Leuchten, das sie hätte beschämen müssen.

Doch genau jene, die am meisten hätten beschämt sein müssen, wären am wenigsten beschämt und zu beschämen gewesen. Ja, es gab Menschen, die waren unbeschämbar: Und damit war ich wieder auf ein neues Wort gestoßen, so kurz vor dem Abendessen. Vielleicht war es aber auch nur eine neue Erkenntnis, ein Fund in meinem Kopf, der die Welt auch nicht weiterbrachte. Und genau in diesem Augenblick hörte ich aus meiner mitgebrachten Musikkugel, die ich der digitalen Zeit verdankte, welche meine Welt auch manchmal schöner machte, als sie war, die wunderschönen Stimmen der Japanischen Bachakademie »Welt Ade! Ich bin dein müde« singen. Es war das Ende der *Ach wie flüchtig, ach wie nichtig*-Kantate. Diese Kantaten gehörten zu meinem täglichen Brot. Ein schöneres Ja als ein gesungenes gab es für mich nicht. Als in diesen Stimmen. Hoffnungsvoll entsagend und zusammen mit jener Barocktrompete sangen sie dieselbe Melodie, als wollten sie den Menschen, die dies hörten, »Alles, was Odem hat, lobe den Herrn« her in Richtung eines offenen Himmels bugsieren. Es war mit jenem Unterton gesungen und gespielt, als wäre es zum Jubilieren.

Jener Künstler, der – ins Bild gebracht – Himmel und Erde erschaffen hatte, wollte es so. Und dass sein Bild – an allen möglichen Stellen von ihm signiert wie *Seasons of Life / Glowing Fall* in alle Richtungen lesbar war.

Nach diesen Abschweifungen über das Meer hinweg war es bald Zeit, zum ersten Mal in diesem Jahr gemeinsam zum Essen zu gehen, in heiterer Runde, worauf ich mich freute; und zwar mit zehn Hungrigen, die auf zwei Autos verteilt waren, dabei auch auf einem Pick-up, auf dessen Ladefläche die drei Kleinsten unbedingt die Sommerabenddrift erleben wollten. – Auch da gab es Sitze mit Sicherheitsgurt.

Meine Gastgeber bummelten gerne, schließlich waren Ferien, und es dauerte, bis sechs sogenannte Erwachsene und vier Kinder in die Fahrzeuge verladen waren. Ich war nun schon der Älteste von allen und konnte mich daran erinnern, wie es war, der Jüngste zu sein.

Ich konnte mich nicht beklagen, schließlich lebte ich immer noch, wohingegen die große Welt, die damals auf der *Christina* in dieser Gegend unterwegs gewesen war – dabei auch die Mächtigen der Welt: Churchill, Kennedy, die Fürstin von Monaco und vielleicht sogar Royals vom englischen Königshaus – längst das sogenannte Zeitliche gesegnet hatten.

Ach, Skorpios! Jene Insel, die auch ihr Schicksal hatte, und zeitweise in den Schlagzeilen der Yellow Press, in den Zeiten von Jackie O. und der Callas, von Ari, Fürst Rainier, Fürstin Gracia Patricia. Wer weiß, vielleicht sogar der Papst, der seiner Zeit mit Agnelli Schach spielte.

Am ersten Abend wollten sie also mit uns gleich zum Essen nach Nidri hinunterfahren, wo es eine unübersehbare Zahl von Buden und Tafeln mit den entsprechenden Gerichten darauf zu sehen gab. Nicht jeder konnte das Griechische lesen, und nicht einmal Englisch. (Und Deutsch schon gar nicht. Da fiel mir die Speisekarte von Agadir ein, wo ich als Übersetzung von Avocado-Salat »Rechtsanwaltssalat« gelesen hatte.) Es war manchmal besser, auf eine Übersetzung zu verzichten.

Das Finden eines Lokals, wo man essen konnte, war aber nur für jene kein Problem, deren kulinarisches Hauptwort »lecker« war. Ich war zwar kein Veganer, aber ... Es schmeckte am besten zu Hause auf jener göttlichen Terrasse; und auch der griechische Wein, der aus jener Fattoria auf dem Weg nach Vasiliki kam.

Eigentlich war es nur zum Abendessen, aber dann, am unübersehbaren Denkmal für Aristoteles Sokrates Homer Onassis an der Promenade von Nidri, die ... blieb mir nichts anderes übrig, als bei diesem Namen Aristoteles Sokrates Homer ... als enthielten diese Namen das Ganze im Fragment ... hängenzubleiben.

Skorpios lag schon im Abend- und Gegenlicht.

Die Insel Skorpios beschäftigte damals sechshundert Arbeiter, damals, in neofeudalen Zeiten, die sich westliche Wertegemeinschaft nannten. (Insgeheim liebte ich Sahra Wagenknecht, daher hier die Klammer.) Die Kritiker des armen Aristoteles Sokrates (dabei gewiss auch Sahra und den weniger erfreulichen Herrn Hofreiter und die patente Claudia Roth) hätte ich wissen lassen können, dass jener Milliardär immerhin eine kahle, von den Römern und Venezianern abgeholzte Insel aufforsten ließ, wo nun zweihundert Baumarten wuchsen und lebten und blühten, überhaupt eine Artenvielfalt ohnegleichen, wenn ich vielleicht den Menschen abzog. Der einzelne Mensch hätte nichts gemacht, außer – im besten Falle – die Menschen und besonders seinen Nachbarn sein zu lassen.

Das Leben des Onassis war also nicht nur ein Krimi. Bei Beresowski hingegen war es ein Badewannentod. Präsident oder König geworden waren beide nicht. Nicht einmal Bürgermeister von New York. Immerhin hatte es Onassis zum Herrn über Olympic Airways geschafft.

Und nun? Dass von hier aus bei dem Wort »Ithaka« meine Spur selbst zu dem Oligarchen Rybolowlew führte, der die entscheidende Begegnung seines Lebens eben meinem Beresowski verdankte, über den der spätere Oligarch nach oben gekommen war, dessen Tochter Skorpios gekauft hatte, Ekaterina Rybolowlewa hieß sie, »sie ist die Tochter des russischen ›Düngemittel-Tycoons‹ Dmitri Rybolowlew«. So las ich es. Und in einem Satz war die halbe Welt versammelt. Und das Fragezeichen kam auch noch hinzu.

Ich hatte eine Verbindung zu diesem Menschen, also Beresowki, der zu jenen gehörte, die am Ende tot in der Badewanne aufgefunden worden waren. Das fiel mir nun auch noch ein. Oder war ich etwa nicht auf der Hochzeit von Johannes, dem Großneffen von Georg Schweinfurth, und Sylvia gewesen und an meinem Tisch hatte Natascha ihren Platz, und ich? Hatte ich nicht unweit dieser schönen Braut gesessen? Und hatte sie mir nicht ein Foto ihrer Schwester gezeigt, die mit dem Bruder von Beresowski verheiratet war? Sie kam ... aus dem alten Sankt Petersburg, und ihr Vermögen in Diamanten und Gold hatte zweiundsiebzig Jahre unter einem doppelt gesicherten Fußboden eines brand- und bombensicheren Hauses von Sankt Petersburg überwintert. Und ihre Sehnsucht auch. Auch sie konnte wohl weitervererbt werden.

Ihnen allen genügte nun der Süden. Die Südseite des Lebens, all die Megayacht-Odysseen von der Route Touristique … Von den Eisblumen an den Fenstern hatten sie alle genug. Sie wollten eigentlich gar nicht viel. Es musste nur warm sein. Es musste südlich aussehen. Capri, Sonne und dann auf dem Achterdeck der Megayacht sitzen, aufs Meer hinausschauen, aufatmen und so tun, als gehöre man zu jenen, die mit ihrem »Es ist alles gut« im Gesicht der Sonne entgegenblinzelten. Oder gleich da, wo Onassis leibhaftig herumgefahren und geflogen war … nur fünfzig Jahre zuvor … Und dann das Mausoleum, in dem sie nun alle lagen. Alle: So viele waren es auch wieder nicht im Onassismausoleum auf Skorpios. Er hatte sich ja nicht wie Maria Callas verbrennen lassen und sich nicht in jenem Meer zwischen Skorpios und Ithaka verstreuen lassen, auf das er jetzt hinausschaute, und einer, der das Schwarze Loch berechnen konnte, wäre gewiss auch noch in der Lage gewesen, die Spuren ihrer Asche auszumachen und in einer gigantischen Zahl mit einer Null vor dem Komma anzugeben. Die Vorstellung dieser Zahl grenzte an Wunderglauben oder übertraf ihn vielleicht sogar. Da musste man schon ein Vorstellungskraftgenie sein.

Aber die gab es wohl. Da saßen sie also mit ihrem »Es wird alles gut!«-Blick. Und woran sie dachten, all jene, die es geschafft hatten, konnte ich ja nicht wissen. Vielleicht dachten sie ja auch nur an ihr nächstes Geschäft, alle jene, die es geschafft hatten. Die es geschafft zu haben glaubten. Die es schon von Anfang an geschafft hatten, dazu musste nur die richtige Samenzelle die richtige Eizelle erreicht haben. Ob es in meinem Fall so war, konnte ich immer noch nicht sagen, als wäre ich ein Verwandter von Tschu En Lai, der von Henry Kissinger nach der Französischen Revolution von 1789 gefragt, etwa so geantwortet hatte: »Es ist noch zu früh, etwas zur Französischen Revolution zu sagen.« Das wusste ich von Péter Esterházy, der auch zu meinen unwiederbringlichen Toten gehörte.

Und was es war, hätten sie nicht sagen können. Was es sein sollte, hätte ich nicht sagen können, und sie vielleicht auch nicht.

… Es war ein »verheerender erster Eindruck«, wie der Glatzkopf Beresowskis aus der Badewanne herausschaute … Wie es in diesem Badezimmer aussah, und was dazu geführt hatte, dass es so weit kommen konnte, war Teil der Phantasie der Fotografen und der Gerichtsreporter.

Ich aber lebte noch …

Skorpios war von den letzten Erben, weit weg von Skorpios, an einen Oligarchen verkauft worden, von der kleinen Enkelin Athina, das heißt: auf 99 Jahre verpachtet, von Menschen, welche nun von Brasilien, New York und Paris aus ihre Irrfahrten unternahmen und wohl kein Wort Griechisch mehr sprechen konnten. Und die Familie hätte jederzeit das Recht gehabt, die Insel zu betreten und das Grab zu besuchen, kam aber nie. Und doch lebten sie Tag für Tag von Onassis her, der sich manchmal auch wie Odysseus vorgekommen sein mochte, und von da gedacht sich auch ein Asyl auf der Nachbarinsel, und das war Skorpios, kaufte. Skorpios war vielleicht das Ithaka des Aristoteles Sokrates Homer Onassis, dachte ich. Halb Lefkada gehörte ihm ohnehin. Auch bei Ithaka hatte er wohl überlegt, ob er die ganze Insel kaufen sollte. Aber dann entschied er sich für das überschaubarere Skorpios und nahm diese Insel trotz ihres Namens in Kauf, und forstete die kahle Insel auf, aus der – dank Onassis – nun eine der grünsten Inseln des Archipels geworden war. Vielleicht hatte Onassis in seinem Testament verfügt, dass die jeweiligen Erben und Nachfahren alle Griechisch sprechen müssten, und griechisch-orthodox getauft sein müssten, bei der Strafe der Enterbung. Doch schon die einzige Enkelin sprach Griechisch nur noch mit einem schweren, international amerikanisch-brasilianisch-französischen Akzent. Und über ihren Glauben wusste kein Mensch etwas, davon stand bei Wiki nichts. Die Testamente der Superreichen waren ja doch manchmal wunderlich, so viele waren es ja nicht, denn naturgemäß konnte es verhältnismäßig wenige Superreiche geben. Und in einem dieser Testamente konnte auch ich einst lesen: Erben sind der Bundespräsident der Republik Österreich, Christina Sennewald und die Katzen Wiens. Da ging es aber nur um einen Weinberg in der Wachau, ein paar Sachen von Klimt und Schiele sowie um ein Ringstraßenpalais: Und dann gab es noch ein Ehrengrab, auch für die Katze, eine denkmalgeschützte Anlage, nicht auf dem Zentralfriedhof, sondern in Grinzing in bester Lage, in der Immosprache: I a oder auf Amerikanisch: Triple A.

Onassis, der sich sein Leben lang auch vor dem Tod fürchtete wie die Kinder vor dem Wauwau, nachdem er einmal dem Tod von der sogenannten Schippe gesprungen war – das war bei der Flucht vor den Türken aus Smyrna, das nun Izmir hieß, übers Meer –, hatte es schon geschafft, das heißt, er lag nun exterritorial auf der verpachteten Insel mit allen Klauseln und Sonderrechten. Und er hat der

Orthodoxen Kirche von Griechenland wohl eine gewaltige Summe vererbt, so wie Niki Lauda dem Stephansdom und Arndt von Bohlen den verfolgten orientalischen Christen.

Das Grab auf Skorpios war nun schon ziemlich voll, und nur wenn ein neuer Enver Hodscha oder ein neuer Mao die Insel Skorpios erobert hätte, dann hätten die Toten Angst haben müssen vor einer Schändung oder vor einer Umwidmung zu einem Infinitypool anstelle ihrer Ewigen Ruhe.

So lagen sie alle irgendwie nebeneinander und schauten aufs Meer hinaus, dachte ich mir zu dem hinzu, was als Asche von ihren Gebeinen und ihren Namen geblieben war. Sie ließen sich ja nicht verbrennen, oder? Ich meinte, jeweils Särge gesehen zu haben – in mehreren Schalen, so wie eine russische Matrjoschka –, und zuinnerst war es gewiss Zink, um die lästigen Mäuler, die auch ihr Futter haben wollten, abzuwehren. Aber vielleicht waren jene für die Welt gefilmten Särge auch leer, und Onassis war längst verbrannt, und die Asche war über dem Meer verstreut, wie es vielleicht im Testament stand, das ich ja niemals kennen würde.

Ich meinte, Särge gesehen zu haben bei der im griechischen Fernsehen gezeigten Staatsbeerdigung. Vielleicht war es aber auch nur eine Scheinbeerdigung.

Da lagen sie, in diesem Mausoleum mit Meerblick, und ich sah sie von außen bei unseren Exkursionen auf der kleinen Jolly um Skorpios herum manches Mal. Es war ja nur ein Katzensprung von hier nach dort. Zuerst war da der abgestürzte geliebte Sohn zu liegen gekommen, dann vielleicht die erste oder zweite Frau, die Mutter und dann er, ihr Aristoteles Sokrates Homer, der Name war wohl eine Entscheidung des Vaters gewesen. Alles nur sogenannte Überreste. Sie alle hatten bis zu Aristoteles Sokrates Homer in Smyrna gelebt, seit fast dreitausend Jahren. Smyrna kam auch im ersten Kapitel des letzten Buchs der Bibel, der sogenannten Apokalypse, vor. Die Stadt, die nun Izmir hieß, hatte bis zur Geburt des Ari Onassis Smyrna geheißen. Final destination für Ari war Skorpios, das nur einen Hubschrauberlandeplatz hatte, von dem er auch zum Essen nach Nidri fliegen konnte, kaum zwei Kilometer Luftlinie, aber manchmal am Abend musste auch ein Onassis unter die Leute. Und Onassis war auch einer von ihnen, der in einem Flüchtlingsboot die alte Stadt Smyrna überlebte. Alle waren irgendwie Flüchtlinge in diesem Familiengrab. Vielleicht sogar noch Jackie O. Und auch Tina war dazugekommen, und ich weiß nicht, wer noch.

Nun lag er hier. Quasi exterritorial. Der Rest der Insel war mittlerweile nach einem Ehestreit an die Frau des Oligarchen gegangen, die nun nicht so recht wusste, was sie mit dem von den Anwälten erstrittenen guten Teil des von ihrem Mann in den neunziger Jahren erarbeiteten Vermögens beginnen sollte.

Also ließ sie es, also begann sie bald, die Altersspuren in den sichtbaren und unsichtbaren Gegenden ihrer Erscheinung entfernen zu lassen und verbrachte ihre Tage mit Überlegungen und Tätigkeiten, die in diese Richtung gingen. Und wäre sie allein ohne ihre Equipage auf der Insel gewesen, hätte sie nachts vielleicht sogar manchmal eine Panikattacke bekommen beim Gedanken, dass sie mit all den Toten auf dieser Insel leben musste. Für die Asche der Callas war aber kein Platz auf Skorpios. Und gleich im Hafen von Nidrios hatte sie einst a cappella *O mio babbino caro* in die Nacht hineingeweint, geschrien und gesungen. In jeder Spelunke von Nidri hing nun mindestens ein Foto von

Onassis und der Callas von ihrem Besuch – auch in den Buden, die es damals noch gar nicht gab –, und jeder Wirt war
mit Ari und Mari per Du, wie sie zum Essen in diesem Lokal
gewesen waren. Und zurück auf dem Schnellboot stritten sie
sich wieder einmal. Denn er hatte es doch nicht gemacht,
hatte sie nicht geheiratet, sondern Jackie O. – Und genau an der Stelle, wo die Callas dem Volk von Nidri, das
wahrscheinlich an mit lauwarmen Speisen überfüllten Tischen saß, ihre Drohung entgegenschmetterte, dass sie,
wenn sie ihn nicht heiraten dürfe, in den Arno spränge, stand
nun ein riesengroßes Denkmal ganz in Schwarz, auf dem
ich die griechischen Lettern ARISTOTELES SOKRATES
ONASSIS hatte entziffern können. Das Denkmal sah nach
Plastik aus oder so wie die Hasen und Menschentiere eines
Künstlers, dessen Name mir gerade nicht einfiel, auf die
aber keine Stadtregierung verzichten wollte und nun in ganz
Deutschland herumstanden wie die Lenk-Brunnen am Bodensee. Manchmal etwas hilflos. Und vielleicht war dieses
Joint Venture aus Aristoteles und Sokrates ja sogar aus Plastik wie die Arbeiten des Künstlers, dessen Name mir nicht
einfiel. Oder sogar ein Frühwerk des Künstlers. Vielleicht
fehlten auch in Nidri nur das Geld für Marmor und einen
Starkünstler sowie ein entsprechender Kunstverstand.

Dies zu wissen, war mir auch nicht mehr so wichtig.

So viel aber wusste ich noch: Die Zeit auf Lefkada verging
jedes Jahr noch schneller als sonst.

Hemingway war auch hier. Von Vasiliki aus war er nach
Ithaka gesegelt. Die Tafel, die ich fotografierte, präsentierte
ihn als Präsidenten der Großfischer.

Bei seinen Reisen konnte er doch auch nichts anderes

oder gar mehr als ein gewöhnlicher Tourist sein, der am Essen und den Gesichtern der Einheimischen, der Eingeborenen im Elztal herummaulte.

Und schon war es Abend.

Ich schaute auf meine Uhr, und drei Wochen waren vorbei.

Was ich da gemacht habe?

Letzter Tag … »die Zeit war ein sonderbar Ding«.

Am Tag vor der Rückreise fuhren wir noch kurz nach Nidri hinunter, und dann mit meinen neuen Schuhen zurück in unser Haus über dem Meer. Für den folgenden Tag hatten wir mit unserer Dacia eine Passage von Patras nach Triest gebucht, auf der vielversprechenden *Asterion II*. (Steckte in diesem »wir« nicht etwas, das mein Gerede von meinem Alleinsein auf der Welt Lügen strafte?) Die Passage nach Venedig hatte es so schnell nicht mehr gegeben, Bari, Brindisi und Ancona auch nicht. Also Triest, was mir aber trotzdem sympathisch war.

Am Abend vor der Abreise saß ich noch einmal auf meiner Terrasse und rauchte, sah auf die Fähren, die in beide Richtungen unterwegs waren, und ließ die Nacht kommen: Die drei Wochen waren wieder einmal vorbei, und ich hatte es auch hier versäumt weiterzukommen, und wenn schon es nicht zu schaffen, so doch wenigstens aufzuschreiben. Ich schaffte es nicht über den Gedanken hinaus; und dass das Meer ein Bauch war, in dem alles verschwand.

Nichts davon dieses Mal. Dieses Mal schon gar nicht. Vielleicht war ich von Sayn her doch immer noch gelähmt, was das Schreiben und die Welt betraf. Ich sah also von meinem Platz noch einmal hinaus nach Ithaka, saß und schaute hinüber; es war am Abend vor meiner Rückreise. Da fuhren wie immer, und gerade auch um diese Zeit, die großen Fähren und Schiffe, wie schon in alten Zeiten, zwischen Ithaka und der »weißen Insel des Achill«, auf der ich nun schon manchen Sommer verbracht hatte. Und noch kein einziges Mal war ich auf der Insel des Odysseus gewesen, und nahm es mir jedes Jahr wieder aufs Neue vor. Aber dann schaute ich auf die Uhr, und die drei, vier Wochen waren schon wieder vorbei. Für Michas Drohnen war Ithaka auch in diesem Jahr noch zu weit gewesen, vielleicht gäbe es bald eine solche Drohne für ihn, die es nach Ithaka schaffte, und vielleicht einmal auch ich. Zu den großen Schiffen schafften sie es ja schon, wie ich auch. Und Micha konnte von seiner Dachterrasse immer herüberrufen, welches Schiff es war und wohin unterwegs. Er war auch einer der Ersten, die eine App hatten, die ihn mit sämtlichen Daten zu den Schiffen, die unterwegs waren, versorgte; und auch zu den Flugzeugen, und so konnte er uns jedes Mal sagen, welcher Flugzeugtyp und welches Flugzeug gerade über uns unterwegs war, und woher es kam und wohin es flog. Das waren unsere Abendvergnügen geworden, so wie früher Karten spielen, 17 und 4 und Mensch-ärgere-dich-nicht. Und immer noch Schiffe beobachten: Die kamen und die gingen, das war unser Sommervergnügen im Blick aufs Meer. Und es war auf unserer Terrasse mit Akropolisblick ein wenig wie einst an jener Schiffs-Begrüßungsstelle, auf jener Aussichtsplattform bei Cuxhaven, und dann Hamburg. Die Schiffs-Verabschiedungsstelle bei Wedel mit ihren Hymnen und Flaggen und Lautsprecherdurchsagen hatte mittlerweile ihren Betrieb eingestellt, es waren inzwischen einfach zu viele Schiffe geworden, die verabschiedet werden sollten, und auch zu wenige Romantiker nachgewachsen, die sich für so etwas Bescheidenes aus der Welt der Analogie noch erwärmen konnten, wo doch schon längst alles heruntergeladen werden konnte, auch die Schiffe bei Wedel. Und dann die Welt.

Und nun fuhr dieses Schiff, das ich schon am Morgen gesehen hatte, schon wieder quer durch mein Bild. Nun auf dem Rückweg nach Skorpios. Wie war da der alte Onassis vergessen! All die Herren der Schöpfung von Abra bis Onassis. Ich vermutete, dass die Spielberg-Yacht für ein paar Tage von Freunden der Tochter des Düngemittelpapstes, also Ekaterina Rybolowlewa, gemietet worden war, bei ihr zu Gast, und wie sie sich wahrscheinlich bald langweilten. Sie gingen wie wir, Abend für Abend in eine der Tavernen, blieb ihnen auch gar nichts anderes übrig. Jetzt auch noch aufzählen, in welchen Lokalen ich zum Essen war und was es zu essen gegeben hatte, und wer dabei war? Nein.

Gerne ließ ich mich über Apollonion mit den herrlichsten Aussichten zwischen den Bergen und dem Meer, in die mir liebe Spelunke mitten im Nachbardorf namens Fournika fahren. Das Dorf lag schon in den Bergen, deren höchste Gipfel fast so hoch über dem Meer lagen wie der Säntis über dem Bodensee. Die Abende: immer im Freien, das versteht sich! Es gab in Fournika eigentlich nur Hähnchen – und immer die obligatorischen Pommes frites, keinerlei Gemüse. Und den griechischen Salat, der vielleicht aus Holland kam? An einer langen Tafel … ich suchte mir jedes Mal einen Platz mit Aussicht aus. Etwa auf die herrliche Mauer, die über und über mit meinen geliebten Trompetenstrauchblüten vollhing. Es waren ja jedes Mal mindestens zehn Leute, Barbara, Petra, Micha, Michel, Carl und Conrad, Kathinka,

Tim und Max … Jörg und ich, von acht … bis achtundsechzig, und ich war nun seit dem vergangenen Jahr der Älteste. Und immer war es schön, am schönsten vielleicht in der nächsten Pizzeria, direkt an der großen Straße zwischen Poros und Vasiliki, eine Sommerfreude unter blauen Trauben vor dem nachtblauen Meer, ermöglicht von Leuten aus Como, der Stadt, wo die Heiligen Drei Könige damals Station gemacht hatten, im Geleit von Rainald von Dassel, auf ihrem Weg nach Köln. Und kurz, bevor wir zu dieser namenlosen Pizzeria hinüberfuhren, rief Micha herüber: Da ist wieder die Yacht von Spielberg! Du kannst Sie mieten! 100 000 Dollar am Tag! Das ist doch ein Schnäppchen! Ja, Micha war, was die Sprache anging, nicht auf Originalität bedacht. Und ich hatte doch erst vor Monaten neben dem Baumeister dieser Yacht gesessen und mit ihm über Gott und Welt geredet und auch über dieses und jenes. War doch auch ein netter Kerl, dieser Reeder, mit dem ich nun hätte Pferde stehlen wollen, aber vielleicht war damals in Bremen auch Alkohol im Spiel.

Wir saßen an unseren runden Tischen, die mehr als alles andere bewiesen, dass in einer Demokratie alle gleich waren. Und auch unsere Zigarren, die wir rauchten, und auch unsere Smokings mit den entsprechenden Hemden und Fliegen bewiesen dies. Und selbst meine Lackschuhe.

Am letzten Tag war ich noch in den nächsten Schuhladen gegangen, das war nicht weit. Nidri war voller Schuhläden. Ich suchte nach etwas in den Farben der Saison, das war für Italien wichtig, denn da ließ man die falsche Farbe nicht durchgehen, und der Mensch, der nicht alla moda war, galt als Barbar, was hieß fast schon als Deutscher. Ich hatte mir aber blaue Schuhe in den Kopf gesetzt. Und ganz Nidri lebte immer noch von Onassis her. War bis zu Aristoteles eine Art Sumpfloch gewesen, und wäre es geblieben. So sagten es die Budeninhaber von heute in einer TV-Dokumentation zum Leben von Onassis und Maria Callas. Der 6. August war nun auch schon wieder etwas her, und an jenem Tag vor über siebzig Jahren hatte Thomas Mann in sein berühmtes Tagebuch geschrieben, dass er zum Kauf von einem Paar weißer Schuhe in der Stadt gewesen sei, das war Los Angeles. Und an dieser Stelle hätte Tante Mausi gesagt: Die Welt ist klein. Der von Thomas Mann und den Nazis bewunderte Bildhauer Fritz Behn fertigte nach dem Krieg auch eine Plastik der Callas an, und ich dachte, als ich dieses Meer durchfuhr, an Nidri zurück, wie es gewesen wäre, hätte dieser hochgepriesene Plastiker, vor allem Tierplastiker, eine Skulptur von Ari gefertigt. Und ich träumte davon, dass Behns Darstellung der Maria Callas neben seiner Ari-Plastik an der Stelle im Hafen von Nidri aufgestellt worden wäre, genau da, wo sich jetzt das abscheuliche Werk, das den von seinem hochtrabenden Vater, einem Tabakhändler aus Smyrna, was mir sympathisch war, mit drei Vornamen ausstaffierten Aristoteles Sokrates Homer Onassis befand. Und ich dachte mir, wie es gewesen wäre, hätte auf demselben Sockel neben Ari seine Geliebte Maria Callas, wie von Fritz Behn gefertigt, gestanden. Aber auch das sollte nicht sein. Ihre Asche wurde im Meer vor Nidri und Skorpios verstreut, und hier keine Spur mehr, außer den Erzählungen der Gastromen, dass Ari und Maria in ihrem Lokal gewesen waren.

Wie die Geschichte mit Thomas Manns Schuhen weiterging, weiß ich nicht.

Ich jedoch ging in den Schuhladen und kaufte mir für

den Rest des Sommers und die zwei Tage auf See und das weitergehende Leben noch ein Paar neuer Schuhe. Sie passten wunderbar, wie sich schon nach den ersten Schritten herausstellte. Nur die Sohle war weiß. Es waren Schuhe, in denen ich hätte tanzen können.

VI

AUF DER *ASTERION II*
ODER »IRGENDWO. ABER AM MEER«

Auf Ithaka war ich nie.

Es waren sehr schöne blaue Schuhe. Das Warten am Fähr-
schiff, die Aufregungen in den vier Autoschlangen, die
Kommandos des Personals und dann das Herumbugsiert-
werden an Bord bis zum zentimetergenauen Einparken waren bald vergessen.

Und ich ging in jenen Schuhen, die ich in Nidri gekauft
hatte, zum Aufzug und ließ mir auf Ebene 7 meine Kabine
zuweisen, ein Steward in einer ziemlich abgewetzten Auf-
machung, den ich bei dieser Gelegenheit zum letzten Mal
sah, ging mir voran. Mir schien, einzig deswegen, um ein
Trinkgeld zu kassieren. Wahrscheinlich war er auf so etwas
auch angewiesen, denn das Schiff gehörte einem Reeder,
der auf Zypern gemeldet war und wahrscheinlich am Genfer See lebte und die Bordbesatzung knapphielt wie Bezos
sein Team von Amazon, das nun auch auf den Feldern
hinter dem Geburtshaus meiner Mutter, die immer noch
ihrem Bruder gehörten, eine logistische Mega-Zentrale für
ganz Süddeutschland hinstellen wollte. Von Bauen konnte
ja in Gewerbegebietzeiten schon lange keine Rede mehr
sein; diese Halle, die vom Mond aus sichtbar wäre, würde

etwas für immer auslöschen; und von den wenigen davon profitierenden Eingeborenen würde diese Zerstörung und dieser weitere Verlust als Investition in die Zukunft begrüßt und gefeiert und umgelogen, wie von den grünen Spekulanten der drohende Windmonsterpark. Es war da, wo sie, das heißt: meine Mutter im Alter von fünfzehn Jahren von einem auf sie zielenden Tiefflieger beinahe erfolgreich getroffen worden wäre. Und ich? Ich würde jetzt die Kabine mit Meerblick beziehen, danach das Schiff erkunden. Und mich dieser Fahrt, dieser Kabine und dieses Lebens erfreuen. Zwei Tage sollte ich laut Plan unterwegs sein auf dem Meer, das Adria hieß, benannt nach einem unglücklich verliebten römischen Kaiser. Greta Thunberg wäre in dieser Zeit auch unterwegs, es würde mit einem Segler etwas länger dauern.

Meine Kabine hatte tatsächlich zwei Bullaugen, doch erst am folgenden Morgen sollte ich sehen, dass kaum etwas zu sehen war. Das Licht fand auch so zu mir.

Bei der Ausfahrt von Patras saß ich auf dem Achterdeck, hatte mir einen schönen weißen Plastikstuhl gesichert und schaute, als die *Asterion II* endlich mit einer zweistündigen Verspätung den Hafen verließ, nach Patras hin, das mit zunehmender Distanz immer schöner wurde. Und der Mond über allem; und der leichte Nachtwind bei fast dreißig Grad: Schöner ging es nicht. Und fuhr bald an Ithaka vorbei auf meinem Schiff unterwegs nach Triest. Die erste Nacht an Bord und der Mond über der neuen Brücke, die das griechische Festland, das sogenannte, mit der Peloponnes verband, die seit dem Durchstich vor über zweitausend Jahren eigentlich eine Insel war.

Nun fuhr die *Asterion* zwischen Ithaka und Mikros Gialos

aufs Kap zu, von dem Sappho aus Liebeskummer zu einem Mann ins Meer gesprungen sein soll.

Und rechts oben die Lichter meiner Lieben, die ich zurückgelassen hatte.

Das Wort Ithaka hatte seit Homer von mir Besitz ergriffen.

»Ich war nun ein alter Mann, der immer noch ich sagte« … So ungefähr, doch eine ungefähre Erkenntnis war überhaupt keine.

Nach zwei Tagen durch die Adria würde ich angekommen sein in Triest. Und die Adria war nach wie vor eines der berühmtesten Meere, obwohl sie auf den Karten mittlerweile ziemlich überschaubar geworden war, dazu eher flach, an den meisten Stellen weniger tief als der Bodensee, und darin der Nordsee verwandt.

Und dann am übernächsten Morgen, von lästigen Durchsagen viel zu früh aus dem Bett getrieben, würde ich mit dem Aufzug nach 1–1/2 hinunterfahren und meine Dacia suchen, und es wäre so heiß, dass ich zusammenbrechen könnte und dann noch einmal bei vierzig Grad oder mehr unbeweglich im Auto sitzen und dann wieder einmal gerettet hinausfahren würde über den rumpelnden Rampen-Stahl unter den Reifen. Der geübte Tourist kannte das und nahm es meist klaglos in Kauf. In Triest wollte ich vielleicht in jenes Café, wo Joyce die Sätze zum *Ulysses* gekommen waren, und dann vielleicht noch nach Sirmione, wegen Catull. Und nach Cadenabbia wegen Plinius und der Villa mit der Bocciabahn, auf der Adenauer gespielt hatte und hinübergeschaut nach Bellagio.

Schließlich zurück dahin, von wo ich vier Wochen zuvor ausgebrochen, sorry: aufgebrochen war.

Und ich dachte, dass ich zwar niemals mehr zum ersten Mal nach Hause fahren würde, aber immer noch davon träumen konnte, wie schön die Welt war morgens um halb sieben, und dass ich schon bald wieder ausruhen könnte von allem im Schatten meines heimatlichen Zuckerbirnenbaumes.

Greta war nun unterwegs nach New York und ich unterwegs nach Hause. Ich auf der *Asterion II*, sie auf ihrer Superyacht.

Wie verbrachte Greta ihre erste Nacht auf ihrem Schiff?

Und vielleicht wäre sie noch einsamer am ersten Morgen als jemals zuvor – als sie aufwachte und sah, was sie sah.

Beide sahen wir das Meer, und ich war nun Ithaka schon ganz nah, das war noch ein Unterschied.

Sie würde ihren Fußabdruck auf dem Walk of Fame hinterlassen, und ihre Reise einen Fußabdruck, verheerender als die Flugzeuge, die zur Klimakonferenz flogen.

Und abermals fiel mir die Enttäuschung der Menschen auf Schloss Sayn ein, dass ich es war – und nicht Greta Thunberg. Vielleicht ging es auch meinen Mitreisenden an Bord der *Asterion II* so.

Greta war mit dem Sohn eines Mannes, der es nicht lassen konnte, unterwegs, abermals auf einem Superschiff, drunter ging es nicht für derlei wichtige Alphatiere, die wie die schönsten Chamäleons in allen Farben zu changieren vermochten, mit dem Sohn eines Mannes, der vor Monaco zerschellt war …

»Doch wenn man es genauer besieht, ist überall Schiffbruch«, so sagte es der Dichter, bei dem ich auf meinem Rückweg auch noch vorbeischauen wollte.

Der Vater des Bootsmanns von Greta war damals mit

einem Superschnellboot unterwegs, das allein auf seiner letzten Fahrt mehr an emissionsgeladenem Öl verbrauchte als ich in einem Jahr. Greta reiste mit einem Enkel von Grace Kelly, Tochter eines Geschäftsmannes, der in der Zeit der Prohibition zu einem beträchtlichen Vermögen, einer schönen Frau und auch einer Tochter gekommen war, die bei einem Autounfall jene Felsen oberhalb von Monaco hinuntergestürzt war. Es war eine Katastrophe, die nur noch vom Tod von Diana getoppt werden konnte. Am Ende stellte sich der Tod als Sieger heraus, auch über die preisgekröntesten, unvergesslichsten Sätze. Ja, die Bilanz ist verheerend, lassen wir das, ich werde sie niemals vergessen, wie sie *As times go by* sang, an manchem Abend meines Lebens auch für mich, und ich weiß nicht, ob es eher ein Singen oder ein Lächeln war, zusammen war es ein Ganzes, was nun bis in diesen Augenblick hineinstrahlt, sagte ich mir … mir allein. Ich allein … meine Dacia, mein Duster und ich.

Meine Dacia, mein Duster: Das war klar. Und wer war ich? Ich war auch nur der Sohn eines Mannes, der es nicht lassen konnte. Was schließlich zu mir geführt hatte.

Und nun? Ließe sich der Anfang mit dem Ende in einem Satz zusammenziehen?

Etwa in einem solchen wie »Der Tod und ich, wir zwei«?

Ich auf dem Nachhauseweg?

Bald war ich über Ithaka hinaus, an Ithaka vorbei.

Ich war bestenfalls eine Romanfigur, die auf einer Fähre, die *Asterion II* hieß, allein in der Nacht unterwegs war, an Ithaka vorbei. Der Kapitän wusste nichts von mir. Und ich nichts von ihm.

Wie immer, wenn ich nachts auf dem Meer unterwegs war, sah ich bei klarem Himmel noch lange, ja bis zuletzt

noch etwas flimmern. Dann war auch das letzte Leucht-
turmlicht verschwunden; untergegangen, denn ich musste
mir gerade auf dem Meer die Krümmung der Erde dazudenken. Ach, Ithaka. Wieder einmal hatte ich es nicht geschafft.
Und ich versuchte, mein Leben ins Präsens zu bekommen
oder wenigstens das mit ein paar Sätzen zu streifen, was ich
hinter mir hatte oder was gewesen war. (An den Rand hatte
ich: »darauf lief alles hinaus« und »fast ein Ithaka-Gedicht?«
geschrieben.)

Ich fliege zum Kilimandscharo.
Ich werde auf Sayn zu einem alten weißen Mann, der immer
    noch »ich« sagt.
Die Tochter des Düngemitteltycoons kauft die Insel von
    Onassis.
Der Reeder liegt exterritorial auf Skorpios. Keiner weint.
    Onassis kommt auf einem Flüchtlingsboot aus Izmir an.
Die Asche von Maria Callas wird im Meer bei Ithaka ver-
    streut.
Die Bootsflüchtlinge ertrinken vor der Insel Lampedusa.
Papst Franziskus wirft einen Blumenkranz ins Meer.
Den Menschen kommen am Bildschirm die Tränen.
Die Tagesschausprecherin liest die Zahl der Toten vom Blatt
    herunter.
Der Schriftsteller schreibt: »Ich blute, also bin ich.«
Der Obdachlose sagt: Mama.

Greta war jetzt auf dem Weg nach New York. Was Greta
jetzt wohl gerade machte auf ihrem Schiff? Wusch sie ihre
Sachen selbst?

Es war auf einem großen Segler, der ich weiß nicht was

gekostet hatte, mit dem neuesten klimafreundlichen High-tech-Equipment, das sich nur die reichsten Männer leisten konnten, die ja zum Teil mit an Bord waren.

Greta hatte es geschafft. Sie wurde auch von einem Kamerateam begleitet auf diesem Schiff, allein für sie.

Greta war um diese Zeit auch auf dem Meer, immer noch, aber unterwegs nach New York. Es würden sie Millionen Follower erwarten. Dachten sie. Und hofften die Vermarkter. Und in New York würde sie wohl von Tausenden und der entsprechenden Prominenz empfangen. Auf mich würde in Triest kein Schwanz warten. Dachte ich.

Das war noch ein Unterschied zu Gretas Schiff, das um diese Zeit auf einem genau berechneten und bestimmten Kurs in Richtung New York unterwegs war.

Kam ihr da in Nacht und Meer manches Mal auch ein Stoßgebet über die Lippen, wenn sie zu den Planken hinsah, dahin, wo früher auf dem Schiff die Leichenfänger waren, wenn sie an die untergehende Welt dachte? Betete sie am Ende wie ich auf der *Asterion II* den auf eine Schiffsreise umfrisierten Psalm 23: »Er ist mein Lotse und mein Herzfels. So bin ich getrost auf hoher See unterwegs in der Nacht, meiner Nacht. Und habe keine Angst vor keinem Meeresungeheuer und vor nichts. Denn du bist mein Lotse und mein Leuchtturm.«

War das auch Gretas Hoffnungsschmerz?

Bei den Seebestattungen wurde an sich nicht mehr gebetet, nicht einmal mehr ein sogenanntes Vaterunser, das der (aber nur als Dichter) große Brecht noch seinen Männern kurz vor dem Ersaufen in der Andamanensee ins Maul gelegt hatte. Eigentlich waren sie bis dahin unterwegs von Puff zu Puff gewesen. Und auch »Wer nur den lieben Gott lässt walten« war längst aus der Mode gekommen. Vielleicht noch ein La Paloma, das ich mir selbst ausgesucht hatte »für wenn es so weit ist«. Aber nur in der Originalfassung, die mit »Cuando salí de La Habana válgame Dios« beginnt! – Und dann: »La Mer«. So stand es in meinem immer noch nicht geschriebenen Testament, nebst zahlreichen anderen Anordnungen und Musikwünschen: Zuletzt vielleicht Maly Nagl und ein Wiener Lied, zum Beispiel *Es wird a Wein sein* und dann zum Abschied als Allerletztes Hans Moser: *Wenn der Herrgott net will …* Und dann mussten sie wieder an Land zurück, zurück ins Leben und ortloser als je.

Der Kapitän wusste nichts von mir; und ich wusste nichts von ihm … So waren auch der Kapitän und ich ein sonderbares Paar, das in einem Satz Platz hatte. Und wenn ich nun diesen Satz auf Gott übertrug?

Konnte es sein, dass es Gott gab und er nichts von mir wusste?

Und dass es mich gab, und ich nichts von ihm wusste, und von mir auch nicht viel mehr?

Das war vielleicht die dümmste Frage, die ich mir bisher gestellt hatte.

Ich bin eine Romanfigur, dachte ich. Du bist eine Romanfigur!, auf die sich »nur« und »fuhr« reimt und »Kohl mit Pinkel« auf »Neigungswinkel« und auf was weiß ich!, sagte ich mir, und musste ich mir nun sagen, sagte ich mir nun, als ich auf der *Asterion* fuhr und mir der Kilimandscharo und die Lackschuhe und der Smoking einfielen, dass ich auch nur einer von ihnen war, die kamen und gingen. Und dazwischen an runden und eckigen Tischen zu sitzen gekommen waren und kämen. Ach, all die Menschen und Affen meines Lebens und mein Holzwegleben und auch der runde Tisch, an dem ich zu sitzen kam neben dem Reeder, der die schönsten Yachten für die reichsten Männer und ihre schönsten Frauen baute. – Und der Reeder, dem ich nur an Jahren voraus war, schreckte selbst vor manchem Seefahrerwitz, die Liebe eines Seemannes und das Ende im Hafen betreffend, nicht zurück, nicht davor zurück, einem nun fast alten Mann einen Witz nach dem anderen zu erzählen, als wollte er mir etwas zu verstehen geben, so dass ich lachen musste, und über keinen mehr als mich. Als wüsste er mehr von mir als ich. Und auch ich hatte versucht, ihm einen Witz zu erzählen, schaffte es aber nicht ganz. Ich hatte diesen Witz von Mucki gehört, der Freundin von Moshammer, die ich einst auf einer Skihütte im Montafon kennenlernte. Mucki, Moshammer und ich: fast schon ein Buchtitel. Der – nebenbei – die These bestätigte, dass sechs Kontakte genügten, um mit jeder Person dieser Welt verbunden zu sein, selbst mit Königin Elizabeth II., oder dem Papst. In diesem Fall bedurfte es überhaupt keines Kontaktes: zum Beweis jenes Foto mit dem Papst und mir. Und was Königin Elizabeth II. anging, genügte meine Bekanntschaft mit Prinz Bernhard von Baden, der ein Großneffe der Queen war und zu deren pompösen Requiem eingeladen war. Jeden Morgen telefonierte also Moshammer mit Mucki, welche damals für die Geschenke bei Daimler Chrysler zuständig war, also einen hohen Posten innehatte, um den Tag zu besprechen.

Moshammers Autobiographie *Mama und ich* hatte ich schon gelesen. Deren Titel hatte wohl den allergrößten Einfluss auf meinen Titel *Der Tod und ich. Wir zwei*, als wäre der nur die Frucht eines Lesefehlers gewesen. An seinem letzten Morgen erzählte er ihr folgende Geschichte, die von ihm wohl als Witz gedacht war: »Es war in den Tagen des großen Tsunami … Ein Ehepaar, sie unglücklich, er ein Hund, weißt eh … auf einem Boot in der Andamanensee, weißt eh … Und dann kommt die Welle und spült den Mann von Bord. Sie schöpft Hoffnung, weißt eh … Der Mann ruft nach Rettung: Schatzi, den Ring! Und die Alte nimmt ihren Ehering und wirft ihn ins Wasser.«

So verabschiedete sich bei Mucki ihr Freund Moshammer in den Tag. Das war das Letzte. Sie war freilich auch eine der Ersten, bei denen die Polizei vor der Tür stand. Noch bevor die Meldung im Radio gekommen war.

Diese Geschichte, die doch gar kein Witz war, hatte ich nun schon so oft erzählt, dass die Menschen Angst bekamen vor meinen Witzen und Wiederholungen. Auch der Reeder hatte nun ein Gesicht gemacht, als wollte er mich »But where is the beef?« fragen. Es war vielleicht auch unstatthaft, so etwas in Gesellschaft zu erzählen, was wieder einmal bewies, dass ich nicht gesellschaftsfähig war. Alle wussten es wohl, nur ich nicht.

Und keinem anderen als mir musste ich sagen: Du bist doch nichts als ein auf diesem Schiff gelandeter Don Quichotte und ein Ich-weiß-nicht-was, das seinen Status vielleicht als »Glück im Unglück« bezeichnet hätte, ein solcher, dessen Gebeine man bald würde zählen können. Hatte jemand danach wirklich gefragt, und von mir wissen wollen, was ich hatte oder was mir fehlte? War ich ein alter Egoist, ein Hallodri, ein Schwadroneur, der es nicht anders verdient hatte und noch froh sein konnte, dass er doch viel besser lebte, als es ihm bei seinem Leben und Treiben zugekommen wäre? Das war wohl der Hauptgedanke von solchen, die nach dem Satz »Jeder ist seines Glückes Schmied« lebten, wenn sie an einen wie mich dachten. Da fiel mir nun so langsam ein und auf: Immer waren es Frauen, die mir Wörter wie »Hallodri«, »Schwadroneur« oder »Egoist« im Augenblick ihrer größten Enttäuschung an den Kopf warfen. Das waren ihre Messer. Und dabei auffallend lachten. (Jetzt kam noch das »Old-White-Man«-Wort hinzu.)

Ich kannte Menschen, die einen anderen geopfert hätten für einen schönen Satz. Eine Frau, deren Stimme immer so klang, als wäre ein Messer im Spiel. Manches Gelächter tönte wie ein scharfes Messer. Das letzte Mal gesehen hatte ich sie bei einem Abendessen, wo sie mich mir unbekannten, hochgestellten, hochanerkannten Personen als Kleinkünstler vorstellte. Das bezog sich angeblich auf meinen Pullover.

Und wenn ich in einer Sendung wie dem *Heiteren Beruferaten* mit Robert Lembke ein Zeichen für mein Leben hätte machen müssen, dann wären es ein paar Linien in der Luft und eine entsprechende Verbeugung zum Publikum hin gewesen, als hätte ich ein Bild von mir malen wollen, keineswegs abstrakt, sondern höchst konkret das Nichts zum Vorschein kommen lassen, mein Nichts.

Und hätte mich jemand gefragt: Und warum schreiben Sie nach allem noch? Und für wen schreiben Sie eigentlich? Dann hätte ich folgende zweiteilige Antwort parat gehabt. Die erste Hälfte wäre ein Witz gewesen und die zweite eine Bankrotterklärung.

Zuerst hätte ich, was ich längst in mein Tagebuch geschrieben hatte, gesagt: Ich schreibe für jene, die bei einem Krimi von Donna Leon einschlafen! Und weil schon da niemand gelacht hätte, da alle sich vielleicht in diesem Satz wiedererkannt hätten und ihnen das Lachen bei so einem

Satz im Hals erstickte, wäre ich nun im zweiten Teil an die Sprachgrenze meines Lebens gegangen. Das wäre eine Bemerkung aus dem Grenzbereich von »ich sage nichts« und »mehr kann ich nicht sagen« am Abhang zum Verstummen gewesen. »Ich sage nichts« und »Ich weiß nichts«: Das waren Sätze, über die ich nie hinauskam. Und mehr verstanden wurde ich nie.

Am Ende hätte ich es vielleicht doch so zu sagen versucht: Ich schreibe für jene, die »richtig« nicht mit »wahr« verwechseln. Und Rätsel nicht mit Geheimnis. Und Rätsellösen nicht verwechseln mit »Wahrheit finden«. Oder auch nur finden wollen. Das wäre vielleicht mein letzter Holzwegsatz, und auch nur ein Holzwegsatzversuch, gewesen. Und dann »Alles Walzer!« und Zentralfriedhof.

Dass einer, der weiß, wo es langgeht, seine Sätze niemals mit »dass« beginnen darf: Das gehörte schon zu den ersten Instruktionen eines Schreibhelfers oder eines Coaches im Leben, sagen wir eines Lehrers: Niemals einen Satz mit »dass« beginnen. So viel hatte auch ich gesagt bekommen, mich aber nicht daran gehalten, da nicht halten können aus Mangel an Masse. So viele Milliarden an Zellen hatte auch ich. Dass ich einen Vogel hatte, wusste ich. Dass ich verloren hatte, wusste ich auch. Und so viel, dass ich hätte nicht sagen können, wo es hätte langgehen sollen.

Wenn ich nun hätte einen Schreibführer schreiben müssen für den globalisierten, digitalisierten, orientierungslosen Menschen von heute, dann wäre einer meiner ersten Sätze gewesen, dass sie niemals so beginnen sollten: »Tatsache ist, dass« … ich der alte Adam und Mensch und Idiot bin. Einer von ihnen, als wären sie auf der Welt, um ihre Absturzerfahrungen zu machen.

Die Experten glaubten zu wissen, wo es langging. Sie hatten aber keinen Schimmer, was das Ende anging.

Ich saß immer noch da …

Da Greta nicht von Präsident Trump empfangen würde, wie er angekündigt hatte, würde sie ihm ein Transparent »Listen to the Science!« entgegenhalten und ihren Glauben auf diese Weise zum Vorschein bringen und bekennen. Da Trump den halben Tag vor dem Bildschirm saß auf der Suche nach wohlgefälligen Bildern, sah er gewiss auch Greta.

Gretas Ankunft in New York müsste eigentlich dem Einzug Jesu in Jerusalem am Palmsonntag gleichen, wenn man den Evangelien Glauben schenken durfte, dachte ich. Doch es gab auch Skeptiker, die vermuteten, dass es mehr Kameras wären als Schüler und sonstige Instagram- und Selfiemenschen.

Greta auf dem Petersplatz: Auch dem Papst hatte sie ein Schild hingehalten: »Listen to the Science!« Der Papst war von seinem schäbigen Fahrzeug, für das sich die Kurienkardinäle schämten, heruntergestiegen, war auf sie zugegangen und hatte gelächelt. Sie auch. Das Trotzige hatte sich in etwas Helles verwandelt.

Ratschläge sind Schläge!, sagte die Frau Fink immer.

Gretas »Listen to the Science!« kam auch bei Annalena gut an. Und bei all den Jakobinern von heute.

Sie fand, dass »Verbot« ein schönes Wort war, ein weiterführendes, so wie »Revolution« für Ernesto Cardenal, den Dichter aus Nicaragua; und dass die Zukunft des Menschen, der selbst darüber gar nicht entscheiden konnte, in die eigene Hand genommen werden musste. Und es schon in die Nähe eines Staatsverbrechens rückte, wenn ich, wie bei Inge, die Tasse nicht an die richtige Stelle im Schrank stellte. Oder in

China oder in Singapur, wo das Rauchen von Zigarren in der Öffentlichkeit schon bald mit der Todesstrafe geahndet würde, so dass sich der Satz »Rauchen führt zum Tod« einmal bewahrheiten würde.

Und ich staunte nicht schlecht, wie mit einem Mal die Alphatiere nun alle auf Greta gekommen waren, und auf die Wissenschaft. Aber dann stieß selbst ich auf einen Widerspruch: Greta kam aus einem Land, das immer noch an die Atomkraft glaubte. Und sie selbst auch. (Ein Glaube, der noch zu ihrem Absturz führen würde.)

Cervantes hatte in diesen Gewässern, die mein Schiff durchpflügte, auch schon gekämpft.

Angeblich machte er sich über seinen Helden, der Schundliteratur las (»Ritterromane«), das heißt die Bestseller seiner Zeit, lustig. Doch das glaubte ich mittlerweile überhaupt nicht mehr.

Schon als Kind dachte ich nicht nur einmal, es wäre vielleicht doch am schönsten gewesen, niemals geboren zu sein, lange, bevor ich diesen Satz aus einem altgriechischen Drama zum ersten Mal gehört hatte, wenn ich, zum Beispiel, an den Zahnarzt dachte, der mir wegen des Milchzahns bevorstand, und ich aus einer kindlichen Angst heraus nicht einschlafen konnte. Jetzt war es wegen der Klimakatastrophe. So folgte mir eine Angst nach der anderen mein Leben lang.

Zum Glück wusste ich aber auch, wie schön das Leben war und sein konnte.

Und nun?

Was möchtest du werden? Fragte die Reporterin den kleinen Jungen im Flüchtlingscamp. Er strahlte und sagte:

»Soldat.« Das war keine Erfindung, sondern ein Herzens-wunsch. Und auch im Deutschlandfunk hatte ich gehört, dass der Kämpfer so schnell wie möglich zurück an die Front wollte. Und dass es Menschen gab, die über die Liefe-rung schwerer Waffen glücklich waren.

Ich erinnerte mich nun an meine Italienischlehrerin Gera, die tapfere Kämpferin für die Rechte der Minderhei-ten in aller Welt, sie selbst kam aus der Oberschicht, eine italienische Kommunistin vom Format Viscontis oder von Inge Feltrinelli. Und dass ihr nicht wohl war bei den Millio-nen, das ehrte sie. Die zweihundert Millionen, umgerechnet in Dollar, machten sie unglücklich. Trotzdem nahm Gera das Geld und nahm sich fest vor, damit einen Teil der Welt zu retten. Zehn Jahre nach diesem unerfüllbaren Vorhaben hatten sie, also Gera und Roberto, es eingesehen, dass die Sommer auf Sardinien doch unvergleichlich waren, und auch das Haus am Circeo Capo San Felice gab der Träumerin der ersten Stunde recht. – Auch die vermögende deutsche Hildegard, Erbin eines Bauunternehmers im Rheinland, der zuerst für die Nazis gebaut hatte und danach für die Neue Heimat, hatte, an manchem Edelbeispiel geschult, sogleich zehn Kinder in Chile adoptiert, deren Eltern in verschiede-nen Pinochet-Folterkellern verschwunden waren. Sie hatte sich sogleich auf den Weg gemacht und geholfen, was ich bewunderte. Flog bald hin, das Wort »ökologischer Fußab-druck« gab es noch nicht. Und dann kam auch schon bald das Ende: als einer ihrer Jungs auf ihre Frage »Was möchtest du werden?« antwortete: Polizist. – Sie war eine Gute, die Überweisungen an ein solches Kind wurden eingestellt ... Was aus diesem Jungen schließlich geworden ist, kann ich nicht sagen, sagte ich mir. Dieses Kind wurde jedenfalls seinem Schicksal überlassen. (Der Nachlass von Hildegard war nun in Marbach.)

Vielleicht waren seine Eltern aus der Pinochet-Gefangenschaft oder aus dem Exil zurückgekehrt. Ich hoffte es.

Die Gleichzeitigkeit von Welt und mir gehörte noch zu den Tatsachen, die ich zwar auch nicht verstand, doch lebte.

Und dass Inge Feltrinelli keine geborene Nudelhuber war, gehörte zu jenen Klarstellungen, für die es nun zu spät war. Sie hatte uns alle von Turin aus auf eines ihrer Schlösser geladen. Dort blieb sie für den Rest ihres noch langen Lebens als Witwe, um frei zu sein für den Kampf um die gerechte Sache, Lotta Continua, von Schloss zu Schloss, um das Werk ihres Mannes fortzusetzen: Er war bei einem Anschlag auf das italienische Strom- und Eisenbahnnetz umgekommen.

Inmitten *von uns allen* auf dem Feltrinelli-Schloss saß Wolfgang Hilbig, der gerade erfahren hatte, dass er den Büchner-Preis bekäme, in einem rosafarbenen T-Shirt, das um den Bauch herum spannte, in einem Sakko, das auch nicht so recht passte, und mit einem Einkaufsbeutel aus DDR-Zeiten neben sich. Was für ein Kontrast zu all den Bella-Figura-Dichtern in Ermenegildo-Zegna-Aufmachung mit Einstecktuch und Krawatte aus Seide. Und auch Inge Feltrinelli und Wolfgang Hilbig, die ein ganz unterschiedliches Leben geführt hatten, glichen sich nur darin, dass sie geboren waren und sterben mussten. Nun waren beide schon lange tot.

Und John Lennon war auch tot.

John Lennon ist tot … Am Ende siegte der Tod. Das zu sagen war eine Banalität. Nicht aber für John Lennon, der bei seiner Ankunft in New York, aus dem Flugzeug steigend, in Richtung Rollfeld hinausposaunte, die Beatles seien nun berühmter als Dschieses Chraist, und mir wurde wieder einmal deutlich, wie hässlich das klang und aussah, entschuldigen Sie. John Lennon war auch sein Leben lang in der Welt herumgeflogen; nun aber war schon lange Schluss damit. Dass einmal Schluss sein würde, dies konnte sich kein Mensch so recht vorstellen. Auch Greta würde es wohl nicht schaffen. »Listen to the Science!« – so hatte es auf ihrem Transparent gestanden, das sie den Kameras und der Welt bei der Einschiffung an der Südküste von England, gar nicht so weit von jener Stelle, welche Tristan und Isolde durchsegelten, entgegengehalten hatte: »Listen to the Science.« Wie das in meinen Ohren klang. Hätte sie es nicht schöner sagen können?

Wenn mir aber zum Weinen war, sang ich oftmals. Weh mir!

Und ich sang nun *Imagine, there's no heaven* unter diesem Nachthimmel, unterwegs auf der *Asterion II*, glaubte es aber nicht. Und musste es nicht glauben. Oder sah ich den Himmel nicht offen? Saß ich nicht mitten in ihm?

Also summte ich *Imagine* in diesem offenbaren Himmel hinein, der mehr war als »sky«. Als wollte ich John Lennon lästern. Wenn es also diesen Himmel doch gab, dann musste der größenwahnsinnige Mensch aus Liverpool nun in der Hölle sein? Weh mir! Glaubte ich, weil es schön war oder weil es wahr war?

Dieser Himmel musste nicht bestritten, verteidigt oder gerettet werden. Auch nicht von mir. Und auch von niemandem sonst. Bisher waren alle Rettungen gescheitert. Die Sterne würden bleiben. (Die es, als mich auf meinem Schiff ihr Licht erreichte, vielleicht schon lange nicht mehr gab: noch so eine Theorie, die mir aber meinen Nachthimmel nicht verderben konnte.) Die Sterne würden bleiben, und ich würde gegangen sein. Der Sternenhimmel und ich, wir zwei. Ich war einer, der bleiben wollte und gehen musste, dear me!

Heaven ... Ich musste es ja nicht einmal glauben, ich sah es ja, und zwar auf der anderen Seite meiner Augen, sah in einem Augenblick alles, und wie sich die Milchstraße über mir mit dem Meer unter mir kreuzte. Und wie ich auf der *Asterion II* und auf meinem Plastikstuhl am Achterdeck im Mittelpunkt des Universums saß und darauf hoffte, dass es John Lennon doch noch in den Himmel geschafft hatte. Er wurde ja erschossen in dieser Stadt, wohin Greta unterwegs war. Und auch ich war an jenem Tag, an dem John Lennon einen besonders unsinnigen Tod starb, John Lennon, der das Wort »Flugscham« noch nicht kannte, im Flugzeug unterwegs von der Stadt Mexico nach Miami. Dort wartete unter anderem der Bruder von Hemingway auf mich. Und auch Claire und Jim und das Leben am Ocean Drive auf der Höhe von 1980, mit all seinen *erregenden Essenzen*, wie es im Ithaka-Gedicht von Konstantin Kavafis hieß.

Ich dachte nun auch noch einmal an Leicester Hemingway oder Hemingwas ..., der mir geraten hatte, immer das zu tun, was ich für richtig hielte. Ja, Leicester war ein starker Mann ... Der mit seiner Staatsgründung von New Atlantis gescheitert war. Seine Währung, der Scruple, den er in Umlauf gebracht hatte wie seine Briefmarken, als Zeichen seiner Souveränität, erzielten aber nun auf den Auktionen ungeheure Summen. Am Ende erschoss er sich auch: War das eine Bankrotterklärung oder eine letzte, sprachverschlagende Rechthaberei?

Und hatte damals noch ganz schön viel vor mir.

Vielleicht war Lennons Asche auch im Meer verstreut

worden, vielleicht auch über Liverpool, ich weiß es nicht, musste ich mir denken.

Armer John Lennon, an dessen ökologischen Fußabdruck auf dieser Erde und am Flugzeughimmel ich gleich gar nicht denken mochte. Und was war mit mir?

Glaubte ich, mit der Welt abrechnen zu können, und mich von ihr abgrenzen, indem ich »ich blute, also bin ich« in mein Reisetagebuch schrieb? »Ich bin wie du« … Und du bist so wie die anderen, nur vielleicht noch etwas dümmer als sie, sang ich mir.

In jenem Sommer konnte es gar nicht ausbleiben, dass dem Menschen dieser Trump in die Quere kam, und abermals dachte ich: Damals hätten die Bürger von Kallstadt das schöne Lied *Bleib bei uns* singen sollen, dann wäre uns dieser Präsident, der auch eine Katastrophe war, möglicherweise in ihren Folgen der Klimakatastrophe ebenbürtig, erspart geblieben. Wir alle, die wir uns immer noch irgendwie zu den Menschen zählten, mussten es büßen.

Aber die Kallstädter hatten nicht *Bleib bei uns* gesungen, sondern den Vater und die Mutter von Donald Trumps Vater des Landes verwiesen, die aus Heimweh nach der Pfalz nach Kallstadt zurückgekehrt waren. Also mussten sie wieder zurück nach New York.

Noch eine Heimwehgeschichte, die fatal verlief.

Bleib bei uns, das war ein Lied. Der Komponist hatte auch *Es ist ein Ros entsprungen*, das immer noch gesungen wurde neben *Last Christmas*, *White Christmas* und *Jingle Bells*, den mittlerweile meistgehörten Weihnachtsliedern im Radio vertont, sein Name war Praetorius. Auch ich war einmal ein Kind gewesen, und hatte »Ros« und »Ross« nicht unterscheiden können, wie alle Kinder von einst.

Gretas Enttäuschung muss groß gewesen sein, denn – wie es aussah – niemand wartete in New York auf sie. Wenn ich den Bildern des Bordprogramms auf der *Asterion II* glauben durfte. Ich sah es in aller Herrgottsfrühe auf dem Achterdeck: mehr Kameras als Schüler. Das Interesse war so gering, dass die TV-Anstalten die Aufnahmen gar nicht ausstrahlten. Und dann nachstellten, mit ein paar hundert an der Menschenbörse angeheuerten Arbeitslosen.

Und auch in Old Europe schienen die Medien mittlerweile schon von ihrer Heldin abgefallen. Ich hatte Schlagzeilen, die alle den Namen Jeanne d'Arc und das Wort »Jahrhundertereignis« variierten, erwartet. Aber dann. Mir tat Greta mit einem Mal von Herzen leid, und nun fror ich »bis in die Seele«, wie meine Großmutter noch sagte, obwohl es doch immer noch fünfundzwanzig Grad warm war auf meinem Achterdeck.

So viel sah ich: Greta hatte bei ihrer Ankunft in Manhattan nicht gesungen, sondern gedroht, doch das unterschied sie von den alten Unheilspropheten, die wie Jeremias ihren Schmerz noch zu singen vermochten. Greta hatte aber als Erstes »Mr. President, Listen to the Science!« in die Kameras gehalten und in die Mikros gegeben. Es klang wie eine Drohung mit der Empathie einer Drohne. Wer hatte sie losfliegen lassen? Vielleicht klang das nur in meinen Ohren so unmenschlich, für die Millionen von Usern und Followern jedoch nicht, die nicht mehr an die Liebe glaubten, sondern an die Wissenschaft.

Und ich entschuldigte mich im Voraus bei allen für alles. Ich schämte mich nun, weil ich wohl schon als Kind so viel dümmer als Greta gewesen war.

Und doch: Wie sehnte ich mich jetzt nach Marilyn Monroe, die »Happy Birthday, Mr. President!« singend ins Mikro gehaucht hatte. Es war aus Liebe. Ein Dank für die Liebe, und vielleicht auch an Gott, dass er ihr diesen Menschen geschenkt hatte. Wenigstens ein paar Tage und Nächte lang, immer stundenweise, denn sie konnte ja nicht den ganzen Tag mit ihm im Oval Office herumsitzen und ihm manchmal zwischen die Beine unter den Tisch kriechen. Oder war es etwa anders? Wie auch immer: Sie sang. Es war aus Liebe. Das war schöner. Und ich konnte mich noch einmal in die weltbewegende Liebe hineinempfinden, die Marilyn in diesem Augenblick für ihren Präsidenten empfand. Selbst die Stones, Frank Zappa und Charles Manson hatten noch gesungen. Und nun kam die kleine Greta, die »Listen to the Science!« in die mitgebrachten Kameras und Mikros gab. Und nicht mehr sang. Hätte sie doch das herzzerreißende Kinderlied *Kommt ein Vogel geflogen* gesungen statt mit »Listen to the Science!« an Land zu gehen: mit ihren Strategen und »first we take Manhattan, then we take New York«. Das war an und gegen den Präsidenten der Vereinigten Staaten von Amerika gerichtet.

Es klang aber nun wie eine Drohung, auch für mich, der ich nicht Präsident der Vereinigten Staaten, aber doch ein Mensch war, der nun, weiß Gott!, auch Angst vor der Klimakatastrophe hatte, als wäre es der Tod. Der sich vor diesem Präsidenten fürchtete, wie die Kinder vor dem Wauwau. Der in seinem Leben schon manche Katastrophe überstanden hatte, solche, von denen er wusste, und jene, von denen er nicht wusste. – Lange war die Angst vor der Atombombe die Ersatzangst meiner Menschen und Zeiten gewesen. Auch meine. Nun dachte, nein, empfand ich, diese Angst könnte von der Klimaangst abgelöst worden sein, könnte die zeitgemäße Variante der Angst vor dem Tod sein, an den der Mensch nicht mehr glaubte.

Und seine Götter waren ohnehin auf einen anderen Stern geflohen.

Nun erstreckte sich unser Glaube vom Urknall bis zum Schwarzen Loch.

Greta erinnerte mich irgendwie an eine Drohne. Und sah so herzlos aus und enttäuscht, wie sie da nach langem und virtuos inszeniertem Segeltörn vor ihren paar Followern in downtown Manhattan herumstand. Die Gletscher in der Arktis und der Antarktis schmolzen, kein Zweifel. Aber war der Eispanzer über dem Menschen nicht gewachsen wie noch nie in der Geschichte? Der digitale Panzer?

Ach, meine Angst zählte nicht zu den Gedanken. Nach Ithaka kehrt keiner zurück, der nicht gezeichnet ist vom Leben.

So viel wusste ich: Die Angst rechnete nicht zu den Gedanken.

Wie lange würde die Angst noch Angst heißen und der Tod Tod in der Welt, die mich nun beherrschte?

In der Wissenschaft spielte dieses Paar keine Rolle. In der Abteilung der Psychotechniker wurde so etwas klinisch vermessen, eingeordnet und wegtherapiert.

Pascal Danel, den ich einst in der Jukebox des *Rosengarten* zu Rast gehört hatte, strafte ihren Irrglauben mit einem Lied. Der Kilimandscharo war etwas, das gesungen werden konnte. »Kilimandscharo« sang von einem Mann, der damals vielleicht erst halb so alt war wie ich heute. Der Mann würde bald sterben und sah, als es so weit war, noch etwas

Schönes: den Schnee vom Kilimandscharo, der seine Decke sein würde. Und er würde schlafen und schlafen. Selbst Hemingway machte aus diesem Schnee noch eine tolle Kurzgeschichte.

Die letzte Reise von Antoine de Saint-Exupéry begann mit einem Flug übers Meer, jenes Meer, in dem der Dichter von *Der kleine Prinz* mit seinem Flugzeug verschwand.

Nun war ich, immer noch unterwegs im Meer, auf der *Asterion II*, und »über mir Nacht und Sterne«, bald am Ziel. Und auch meine erste Reise zu meinem Onkel, zu Don Antonio, wie ihn bald alle nannten, nachdem er für immer am Ort seines Lebens angekommen war, lag schon Jahrzehnte hinter mir.

Don Antonio war auch einer von denen, die wochenlang mit einem Schiff des Norddeutschen Lloyd unterwegs gewesen waren, gebaut in Bremen wie jene Megayacht, die ich gerade gesehen hatte. Ich schaffte es zu ihm nach Patagonien in vierundzwanzig Stunden via Rom, Madrid, Lissabon und São Paulo, und dann. Ja. Eines Tages war ich dann dort, von wo die blauen Briefe gekommen waren, drei Wochen dauerte das damals noch, es waren Luftpostbriefe, die wohl auch mit dem Schiff unterwegs waren. Das Wort »Luftpost« enthielt möglicherweise die erste Mogelpackung meines Lebens. Die blauen Briefe waren es nicht.

Meine Reise zu ihm begann eigentlich schon am Tag, als ich zum ersten Mal einen jener blauen Briefe lesen konnte, die in einem Dreiwochenabstand bei uns zu Hause eintrafen. Selig die Zeiten, als ich noch »bei uns« und »zu Hause« sagen konnte, dachte ich nebenbei.

Es war vielleicht anhand dieser Briefe, dass das Wort

Sehnsucht in mir Einzug hielt und mit mir in Jahresringen wuchs, als wäre ich doch ein Baum, der wie ein siamesischer Zwilling mit seinem Ort verwachsen war. Als hätte ich doch keine Beine, sondern Wurzeln. Doch es stellte sich heraus, dass ich doch kein Baum war, sondern ein Mensch mit seinen Beinen und seiner Sehnsucht.

Meine Sehnsucht war nun schon eine alte Sehnsucht, schon längst zu Vergangenheit geworden, und nun schon fast zu einem Heimweh umgekippt. Doch ich hätte nicht sagen können, wohin.

Schreiben und Leben fielen bei mir also fast von Anfang an zusammen. (Von Anfang fielen Sehnsucht und Leben zusammen?)

Die blauen Briefe meines Onkels hatten mich zu jener Reise angestiftet. Die Reise war meine Antwort auf seine blauen Briefe. Und als ich dann nach Río Pico aufbrach, und die 747–100 der Aerolíneas Argentinas in Frankfurt abhob, bildete das Glück wohl einen rechten Winkel mit mir. Das war im Februar 1977.

Asterion II und Río Pico: So kam eines zum anderen. Der einzige Unterschied war vielleicht, dass ich nun von da aus, wo ich auf einem Plastikstuhl auf dem Achterdeck saß, das Kreuz des Südens nicht sehen konnte.

Und zwischen unseren Augen und der Milchstraße war nichts als die Nacht.

Damals, in Río Pico, Provinz Chubut, Argentinien, hielt ich bald nach dem vielbesungenen Kreuz des Südens Ausschau, fand es aber nicht, obwohl ich ja vor das Haus hinausgetreten war und hinaufgeschaut hatte. Eines Nachts sollte mein Onkel, er, der unter demselben Dach und denselben Sternbildern die ersten zwanzig Jahre seines Lebens verbracht hatte wie ich, es mir zeigen. Wir hatten gemeinsam noch den dunklen Rotwein von Mendoza getrunken, und wir gingen berauscht hinaus, vor jenes Haus. Und standen unter einem Sternenhimmel wie nie. Die nächste künstliche Lichtquelle war vielleicht ein Leuchtturm auf der chilenischen Insel oder die kleine Stadt Esquel, Luftlinie zweihundert Kilometer. Die Augen meines Onkels waren nicht mehr so gut wie meine damals zu sein schienen. Er zeigte nun zum Himmel hinauf und erklärte mir, in welche Richtung ich schauen musste. Und wie ich versuchte, das Kreuz des Südens an diesem Himmel zu finden. Da musste es ungefähr sein.

»Siehst du es nicht?«

Und wie mir auch jetzt kein anderes Wort als »enttäuscht« einfiel. Und mir fielen an dieser Stelle auch wieder die zwei Südtirolerinnen vom Kilimandscharo ein. Das sollte alles sein?, war ihre Frage, die auch diesem oder jenem Menschen einfiel, wenn er an das erste Mal dachte. Doch der Mensch war zum Glück verschieden. Das verband ihn vielleicht am meisten.

Mein Onkel war wegen einer Frau ausgewandert, und diese Frau hieß Hulda: Das erfuhr ich aber erst nach Huldas und meines Onkels Tod.

Hulda kannte ich schon in der Herrgottsfrühe meines Lebens, was kein Zufall war. Ich musste mich ihr nicht in den Weg stellen. Sie nicht am Hinterausgang unter einer Perücke und Sonnenbrille versteckt abfangen. Sie kam nämlich, solange sie lebte, jeden Sommer zurück zu uns und fuhr ihre alten Felder auf und ab.

Ich hätte beinahe ein Recht gehabt, Tante sagen zu dürfen zu ihr, schließlich hätte sie ja beinahe meinen Onkel geheiratet, der wegen dieser Frau nach Patagonien ausgewandert war: im Jahr 1926. Ohne diese Vorgeschichte hätte mein Onkel aber niemals in dem berühmten Buch von Bruce Chatwin landen können, das *In Patagonien* hieß. Allerdings, so sagten es die Leute von Patagonien, wäre ihnen dieses Buch lieber erspart geblieben. Dagegen war über Hulda bisher keine Zeile veröffentlicht. Also dachte ich auf der *Asterion II*, gar nicht mehr so weit entfernt von ihrem Reiseziel, dass es dafür nun an der Zeit wäre. Hier ganz kurz noch ihre Geschichte.

Sie war sehr schön, diese Hulda. Und eines Tages kam ein anderer Mann, der mit einem vierspännigen Gefährt aus dem Frankreichfeldzug zurückgekehrt war.

Sie kam von einem kleinen Gehöft im Bodensee-Hinterland, es war eine richtige »Zuversicht«, wie sie damals für das hinterste und kleinste und armseligste Haus im Dorf sagten, unter dessen Dach nicht einmal das schöne Wort »Habseligkeiten« Platz hatte, und doch. Zwei Eltern, zwei Kühe: Das war Huldas »Heimat«, dieses Haus und kein anderes, gleich hinter den Zeppelinwerken, die ersten Anhöhen in Richtung Gehrenberg und Höchsten, so hießen diese Anhöhen auf dem Weg zu den Alpen, nach denen sie zeitlebens ein schlimmes Heimweh plagte, so wie die Callas nach der Zeit von Skorpios, so dass die Callas ihre Asche in jenem Meerstreifen mit Ithakablick verstreuen ließ, der einen Blick von Insel zu Insel freigab. Ja, so stand es in ihrem Testament, das Schiff musste in Richtung Ithaka fahren, als die Asche vom Achterdeck in Richtung Skorpios verstreut wurde. Die Callas war weltberühmt, wenn auch keine Milliardärin, sondern nur die zeitweise Geliebte eines solchen, eines Jägers der irdischen Liebe, der aber als Trophäe dann Jackie O. nahm. Meine später schwerreiche Hulda kannte hingegen nur ich … und jetzt vielleicht sie, dachte ich zu ihnen voraus, meinen Leserinnen, die es bis zu dieser Stelle meines Lebens geschafft hatten. Und wenn nicht, machte es auch nichts. Dachte ich.

Leander war damals in zahlreichen Handelschaften aktiv. Auch der Viehhandel gehörte dazu. Von Viehhändler Fröhlich, den es von Tuttlingen aus, welches als Stadt von Kannitverstan in die Geschichte der Weltliteratur eingegangen war, in einen Kibbuz an der syrischen Grenze verschlagen hatte, konnte er über hundert schöne Stück Vieh übernehmen, so zählten sie … Das war der Grundstock.

Und ein Freund von Fritz Kiehn war er auch noch …

Hulda konnte kein Englisch, nur die Wörter »Yes« und »No«, welche vielleicht gar nicht zu den Wörtern gehörten. Sondern zu den Tatsachen wie ihr Heimweh, das es auf Englisch ja auch nicht gab, ja.

Anfang der siebziger Jahre flog sie dann im Privatjet hin und her und lebte in ihren Schlössern zwischen dem Cap Ferret und Mustique und den Penthouses in New York und Cannes. Und immer wieder zurück an den Firmensitz im Grenzland zwischen Hunsrück und Schneifel, dem Firmensitz (heute »Group«) unweit von Prüm, wo die letzten rechtmäßigen Merowinger mit ihrem abgeschnittenen Haar gelandet waren, und Huldas Leben war verwechselbar geworden. Und eher langweilig als sonst etwas.

Aus Hulda war mit den Jahren ein Kunstwerk geworden, zuerst vom Friseur, dann vom Brillendesigner, dann von einem Coach und einem Stylisten, der Intendant dieses verirrten Lebens war. Und zuletzt hatte Andy Warhol ein Polaroid daraus gemacht und ließ ein Acryl malen. Und setzte seine übertriebene Unterschrift ins Bild, das war das

Wichtigste für den Sammler. Entsprechend sah es aus. So könnte sich auch ein Kunstmensch ein Bild von ihnen machen. Und was die von Andy Gemalten nicht wussten: Der hatte nicht den geringsten Respekt vor ihnen, das war nicht mehr Velázquez mit seinen Habsburger-Nasen und -Lippen oder gar der, dem der Papst, als er sein Porträt sah, »troppo vero«, »zu wahr!«, ins Gesicht sagen musste.

Hätte Andy Hulda doch lieber auf dem Traktor, einem lächerlich kleinen, längst verrosteten, ursprünglich knallroten Fahrzeug, fotografiert, da wäre wenigstens ein Rest geblieben von ihrem eigenen Leben.

Nun aber das Heimweh. Hulda hatte sich in dieser Welt nie so recht zurechtgefunden … Vielleicht war es nur noch das Heimweh, das sie am Leben hielt.

Jedes Jahr flog sie zur Heuernte im Privatjet von ihrem Haus auf der Insel Mustique in der Karibik nach Friedrichshafen Zeppelin International. An Bord ihr Geländewagen. Und dann wurde sie von ihrem Chauffeur auf ihr Höflein zwischen Buflings und Isigatreute gefahren. Und bald bestieg sie den alten Traktor der Firma FAHR und fuhr mit ihrem Ladewagen der Firma MENGELE auf ihrem armseligen Feld hin und her, und fuhr die Ernte ein, das Heu. Es waren jedes Mal so zehn Fuhren. Es war vielleicht das teuerste Heu auf der ganzen Welt, jedenfalls für sie.

Der One-Way-Flug kostete damals schon 200 000 Dollar.

Das nenne ich Heimatverbundenheit! Sagte einer, der es wissen musste.

Mit ihrem Heimweh hat sie es sehr weit getrieben.

Es war vielleicht auch etwas Odysseus und Ithaka dabei.

Doch wie ich mich nun an Bord der *Asterion II* in sie hineinversetzen konnte!

Arme Milliardärin Hulda: Von ihrem Satz »jetzt hat mich gerade etwas gestochen«, mit einem munteren »au!«, zum Sonnendeck der Yacht *HULDA II* hin gerufen, bis zur Überführung ins firmeneigene Mausoleum dauerte es keine Woche.

Ich setzte mich also wieder an meinen Platz.

Und dann kam mir noch Huldas Heimweh von den Achterwellen her entgegen.

Ach, Huldas Unruhe.

Dagegen mein Onkel. Einmal übers Meer genügte ihm. Mein Onkel war kein Odysseus, aber ähnelte doch mehr als ich jenem Alten, der bei uns zu Hause Laotse hieß. Und ich?

Aber als Odysseus glich ich wohl mehr einem Odysseus von der Route Touristique als jenem prototypischen Abenteurer, der sich von mir auch dadurch unterschied, dass er schon nach Hause gefunden hatte.

Ich war zweifellos auch viel unterwegs gewesen auf der Welt bisher.

Zu Wasser, zu Lande und in der Luft. Und jetzt war ich hier, auf diesem Schiff.

Als ich eines Tages im Jahr 1984 in einem chinesischen Buchladen – es war in der damals noch nicht entsorgten Altstadt von Peking – nach Laotse fragte, verstand mich die Buchhändlerin nicht und machte dazu ein unfreundliches Gesicht. Vielleicht verstand sie mich aber doch, denn Laotse war seit der Kulturrevolution von Mao verboten, denn Laotse war konterrevolutionär. Das Wort »die Massen« fand sich wohl nicht in seinen Werken, zudem kam von ihm eine Absage gegen das Herumfahren, dessen vertrackteste Variante vielleicht der Fortschrittsglaube war, ein Nein zu »Immer weiter!«. Also war es eine Absage an den sogenannten Fortschritt, dem sie seit Marx auch in China huldigen mussten, bei der Strafe der Umerziehung in einem der berüchtigten Lager, wie, bis zum heutigen Tag, die Uiguren.

Das unfreundliche Gesicht der Buchhändlerin war also wohl ein Gericht über Laotse und mich gewesen.

Mein Onkel, der vielleicht doch nie Laotses Hahnenschrei auf der anderen Seite des Flusses gehört hatte, glich Laotse am meisten, von allen Menschen, die ich kennengelernt habe auf meinen Reisen.

Als wäre dieser Hahnenschrei eine chinesische Variante der Sirenen des Odysseus gewesen?

Ich glich, das reimte sich. Doch ich glich weder Odysseus noch seinen berühmten Nachfahren, die über die Geschichte verteilt waren. Und noch weniger vielleicht jenem Laotse, der zu Hause geblieben war, bis er am Ende seines Lebens doch noch vertrieben wurde.

Schließlich war ich nun schon länger als Odysseus unterwegs. Und war, aber nur, was die Kilometer anging, weiter gekommen als Odysseus und Hölderlin, der es zu Fuß bis an den Atlantik – über den ich mehrfach hinweggeflogen war – geschafft hatte, von Nürtingen aus, das auch an einem schönen, von ihm besungenen Fluss lag. Er zu Fuß, und anders als wir Tagestouristen, die es in zwei Stunden nach Athen schafften, hatte er die Welt verszeilenweise erreicht. Er wäre gewiss auch nach Griechenland mit der Dacia gefahren, oder wäre geflogen, anders als Greta.

Ich hätte nun nicht sagen können, wer außer Laotse und meinem Onkel dem Odysseus weniger geglichen hätte von allen, die sich mir zeigten unterwegs.

Mein Onkel, der Laotse wohl nie gehört hatte, hatte sich

mit seinem Leben ganz schön an Laotse gehalten. Dagegen war ich ganz schön unterwegs. Wir alle waren ganz schön unterwegs.

Laotse und Laktoseintoleranz waren doch auch gar nicht so weit voneinander entfernt?

Ich hätte aber an dieser Stelle meines Lebens nicht von Sieg gesprochen, sondern von Enttäuschung. Und vielleicht auch von einem unbeschreiblichen Glück. La Mer …

Nun war die *Asterion* am Ende des ersten Tages vielleicht auf der Höhe von Dubrovnik, auf einer gedachten Linie zwischen Italien und Dalmatien. Den ganzen Tag hatte die Sonne heruntergeschienen, und die Gesichter der anderen wiederholten sich.

Und schon war es Abend. Meine Reise ans Ende der Nacht ging weiter.

Blieb noch eine Zeitlang auf dem Achterdeck und sah auf die Reling.

Ich hatte übersehen, dass die ganze Zeit etwas über jene Bildschirmwand weiter hinten flimmerte, und auch den Dicken, der in einem roten Trainingsanzug, auf dem ich ein verblasstes »Why not!« lesen konnte, auf einem Plastikstuhl schlief, vielleicht einer der Lastwagenfahrer von hier nach dort. Etwas Speichel zur Seite aus seinem offenen Mund. Ich war also nicht ganz allein. Und immer wieder öffneten sich seine Augen. Er schien mich zu beobachten, hatte mich vielleicht schon die ganze Zeit beobachtet.

Es war wie einst, als ich zwischen Marburg und Gießen mein Gedicht *Im Nachtzug* schrieb. Und aus dem schönen Gesicht, an das ich mich nun gar nicht mehr erinnern konnte, war ein Gedicht geworden. Wie damals bei der

Marie A. Nun hätte ich ein Gleiches schreiben müssen: *Auf der Asterion II.* – Gar nicht depressiv, wie es die Psychotechniker nun vermutet hätten, sondern nur ein wenig schwermütig wie Hulda.

Nun ging ich noch einmal zu Bett, es war schon gegen Mitternacht. Ich konnte aber nicht einschlafen.

Stand daher unverrichteter Dinge wieder auf. Ich hatte also die ganze Nacht keinen Augenblick geschlafen.

Um halb vier am Morgen stand ich auf. Verließ meine Kabine. In Richtung Achterdeck. Tiefe Nacht, und unvorstellbar, dass es jemals etwas anderes gäbe, und dass es in zwei Stunden hell wäre und die ersten Sonnenanbeter erschienen, um die Sonne, die freilich auch nichts von ihnen wusste, zu begrüßen. Gegen Mittag sollten wir in Triest sein, und in diesem Wort »wir« war ein ganzes Schiff mit seinen Menschen enthalten, und mit keinem hatte ich ein Wort gewechselt, trotzdem waren wir zwei Tage gemeinsam unterwegs gewesen. Nach Triest! – Da hatte mein Adalbert zum ersten Mal das Meer gesehen, Österreich lag damals noch am Meer. Triest! Aber nicht wegen des Verfassers von *Ulysses*. So wie ich nach Seattle nicht wegen *Sleepless in Seattle* oder wegen Boeing und Bill Gates geflogen war, sondern wegen der Spuren eines Weltenwanderers namens Mark Tobey, der von einem kleinen Dorf am Mississippi gestartet war, das noch kleiner war als Oberplan oder meines. Marks Hauptsatz war: »We are all waves to the same sea.« Ich übersetzte aus seiner Welt in meine Sprache: »Wir alle sind Wellen von Meer zu Meer.« War es nicht so?

Es blaute bald die Nacht. Ich ging aufs Achterdeck. Die Reling entlang schliefen sie in mitgebrachten Einmann- und Zweimannzelten, Männer und Frauen auf ihren Luftmatratzen. Der abnehmende Mond warf noch seinen Schatten übers Meer gegen Steuerbord hin. Ich setzte mich wieder auf einen der Plastikstühle im Windschatten, sah hinaus und sah den Wellen zu und hörte nichts als den Motor und sah nichts als den Rauch, der über mich hinwegzog und in der Nacht, dem Leichenfänger, verschwand, in dieser Nacht und keiner anderen, ich und kein anderer. Es und alles, der Rauch, die Wellen und ich. Als wäre es noch mehr als alles.

Als hätte ich das Wort »Ja« beim Fahren mit einem Leuchtturm verwechselt.

Es durfte also keine wehleidige Abschiedsveranstaltung sein, sondern etwas Leichtes, Helles und Heiteres, als wollte am Ende mein Schiff geradewegs auf das Wort »Ja!« zusteuern, so dass eine Havarie unausweichlich schien.

Ich war allein, nur die Welt, die Nacht, das Meer und ich. Ach, so viele »Ichs« auf engstem Raum. Ich war nun ein Wort so groß wie ich.

Ich hatte mir nach dem Schiffbruch von Sayn vorgenommen, dass Wörter wie »alt« und »Mann« und »Tod« nicht mehr vorkommen durften in meinem zukünftigen Leben und zukünftigen Buch, sondern nur noch »Leben«, »Here's to Life!« und »jung«: Also das sollte für mein Leben gelten.

Also Sätze, in denen »ich tanze!« vorkommen musste und »fast wie Glück«.

Plötzlich bemerkte ich, dass ich aufgestanden war und an der Reling stand.

Und zusammen mit den Sternen bildeten wir beinahe einen rechten Winkel, das Meer und ich, aufrecht wie ein Ausrufungszeichen.

Und nun tanzte ich … In meinen blauen Schuhen von Nidri her … Das Tanzen hatte bisher auch nicht zu den Dingen gehört, für die ich bewundert worden wäre. Aber nun redete ich mir vielleicht auch nur ein, dass ich es konnte. Dass »ich tanze, also bin ich« so etwas wie die Kurzfassung meines Lebens war. Und ich tanzte meine schönsten Sätze, ich tanzte »Wenn es schon keine Menschen fürs Leben gibt, dann gibt es doch Sätze«.

Ich hatte es gesehen im Fernsehen, in einer Dokumentation zum Hundertjährigen der ersten Waldorfschule, die, wie hätte es anders sein können, in Stuttgart eröffnet worden war, einer Stadt der vielen Möglichkeiten, gesehen, wie sie ihren Namen tanzten. Hatte gesehen und gestaunt, wie so etwas möglich war: seinen Namen zu tanzen? Hölderlin hatte sie zu seinen zwei schönsten Gedichten angestiftet.

Auch ich gehörte zu den Menschen, die schon einem Waldorfschüler begegnet waren, allerdings keineswegs die besten Erfahrungen gemacht hatte mit jenem.

Der Name Rudolf Steiner gehörte zu jenen Namen mit weltweitem Ausstrahlungsversuch, daher unterschlug er den Namen seines Geburtsortes, irgendwo im heutigen Kroatien, als spielte das keine Rolle. Wie es alle Alphatiere taten, welche danach strebten, mit ihren Ideen im Prinzip die Weltherrschaft anzutreten und ihre Spuren bis dahin zu verwischen. Und von da an die Namen ihrer Herkunft und ihr Stalltürchen und ihr Reihenhäuschen oder ihr Stetl lieber verschwiegen und statt von ihren Eltern lieber von ihren Wurzeln sprachen, aber nur ganz ungefähr, ganz allgemein, so als wäre es, ihr Leben, von Anfang an die Welt. War es ja auch. Aber nicht so.

Wie er seinen »Rudolf« tanzte, wusste ich nicht, wie das

gehen sollte, wollte ich mir bei diesem Namen auch lieber gar nicht vorstellen.

Ich fände auch ohne ihn nach Hause, in meine Kabine ohnehin.

Doch nach meinem ersten Tanzversuch setzte ich mich wieder auf meinen Plastikstuhl und sah zurück dahin, wo ich gewesen war, sagte »Ithaka, Ithaka« vor mich hin und sah die aufgebrachten Wellen im letzten Mondlicht schimmern und so langsam in die Nacht verschwinden, und ich überlegte vielleicht doch nicht ganz ernsthaft, ob ich, statt weiter zu tanzen, von hier aus den Sprung in meine unausweichliche Zukunft schon jetzt wagen sollte. Als wäre es eine letzte Glückserfahrung gewesen: diese Abkürzung über die Reling zu wählen wie gegen den nächsten Baum im Wald. Als hätten sich Leben und Wald als eineiige Zwillinge herausgestellt, als hieße Leben aus dem Wald herausfinden im Angesicht jener Reling, die mich von der Ewigkeit trennte. Ich stand auf und … ging ein paar Schritte hin und her, von Achterdeck-Reling zu Achterdeck-Reling, so nahe wie noch nie. Dazwischen mein Leben. Von Ewigkeit zu Ewigkeit. Der Mensch ist ein Wanderer. Amen.

War das nun schon ein als letzter Glücksversuch getarnter kleiner Selbstmordversuch oder ein Gedankenspiel?

Ich setzte mich also wieder an meinen Platz im Leben dieser Nacht.

Ähnelte mein Leben nicht einem Wald? Hieß Leben nicht, aus dem Wald herausfinden? War mein Weg nicht ein Holzweg? War es nicht meine Nacht, mein Wald, mein Leben und mein Holzweg?

War es – mein Leben – nicht wie eine nachgebende Reling gegen Morgen hin?

Da, wo ich herkam, war es jetzt schon Tag.

Wollte es nicht hell werden?

Die Nacht wurde von unserem Hinaufschauen auch nicht dunkler, so wie das Meer bei meinem Hinausschauen auch nicht kleiner geworden war, und auch nicht größer.

Draußen ein Licht. Ich konnte nicht sagen, ob es ein Leuchtturm oder ein Fischerboot der neuesten Generation war.

Als wir näher kamen, sah ich, dass es das Gegenschiff war.

Ich war ein Joint Venture aus Nacht und Leben, aus Glück und Unglück, aus Schreiben und aus dem Wald Herausfinden und Morgengrauen. Ein Nachtvogel, ein Tempotaschentuch und ich … ging im Nachtwind über Bord. Wie eine Sternschnuppe im August oder eine Schwalbe, die noch keinen Sommer macht. Und dann stand ich auf und ging. Gehen, was für ein Wort. Und Sehen? Es reimte sich. Wie ich zwischen Ewigkeit und Ewigkeit hin und her ging, hin und her sah und lebte, von Reling zu Reling, hin und her ging und lebte.

Von Ewigkeit und Ewigkeit. Und seit einer Ewigkeit und drei Tagen. So empfand ich es. Und wie wohl mein Schutzengel nun so langsam einschritt … so piano piano …

Greta war nun schon in Amerika. Ich aber war allein unterwegs auf meiner Reise ans Ende der Nacht. Das war noch ein Unterschied.

Ich aber lebte und stand auf dem Achterdeck, und ich wusste nicht, wie ich da hingekommen war.

Es war vollkommen leer, kein Mensch weit und breit. Außer dem Dicken, der es mittlerweile geschafft hatte, in diesem Plastikstuhl zu schlafen und wohl zu träumen, so dass er irgendwo ganz anders zu sein schien.

Und dann lief noch das Fernsehprogramm rund um die Uhr.

Das Deck war durch den Morgentau ziemlich glatt.

Und nun tanzte ich noch einmal. Ich tanzte: Ich tanze, also bin ich …

Ich tanzte meinen Namen. Ich hatte es vielleicht doch leichter mit meinem Namen, da er so viel wie »hochfliegender Adler« bedeutete. Griechisch: aetós. Ja, mein Name war aetorophor. War himmelsträchtig. Es war fast wie Glück. Also versuchte ich nun auf ein Neues, meinen Namen zu tanzen auf dem Schiff, das mich zurück von Ithaka nach Hause brachte, in die Nähe jenes Bettes, in dem ich gezeugt oder auch nur gemacht worden war.

Das Bett gab es immer noch.

Und ich stand abermals an der Reling, ohne zu wissen, wie ich da hingekommen war, nur die Hirnforscher hätten es mir sagen können. Als wäre ich gerade aufgewacht, sah ich mich abermals tanzen, von dieser gefährlichen Brüstung den Abgrund entlang weg und zurück in die Mitte des Lebens.

Als wäre Tanzen nichts als Weitertanzen. Nach oben hin, wie vom Schöpfer namens Steiner verlangt, und das hatte ich mittlerweile auch schon selbst herausgefunden, dass die schönste aller Richtungen die Himmelsrichtung war. Das leuchtete mir auf der *Asterion II* ein wie niemals zuvor.

… und ich tanzte mich immer weiter in mein: »ich tanze, also bin ich …« hinein. Und sang meinen Namen. Als wäre mein Leben eine Partitur, die ich tanzen und singen konnte, jene Partitur, die nur ich singen und tanzen konnte. Aber so, wie ich nun tanzte und sang, schlitterte ich und rutschte aus, und es schlug mich auf den Boden hin, und die Reling fing mich wie ein Leichenfänger auf. Wie damals die hochprozentig dosierte Hulda die Opuntien aufgefangen hatten. Sie lachte, ich schrie nicht.

Da hatte ich wieder einmal Glück. Mir blieb an dieser Stelle meiner Geschichte wieder einmal nichts anderes übrig, als aufzustehen, denn eine Mama, nach der ich schreien konnte, war nicht mehr in der Nähe. Ich stand auf, es war nichts passiert, ich ließ den Schmerz wieder einmal in mich hineinkriechen, aber eine Anwandlung von Schwindel über die Unheimlichkeit meines Lebens erfasste mich doch. An die blauen Flecken dachte ich noch nicht, an denselben Stellen meiner Existenz, wie einst, als ich vom Fahrrad gefallen war und schrie. Dass ich nicht mehr schrie, war vielleicht der einzige Unterschied. Und so blieb mir nichts anderes übrig, als wieder aufzustehen.

Und ich stand auf, lebte und sah, dass es so gut war. Vielleicht war doch ein Schutzengel im Spiel, der hatte mich wohl gerettet. Hatte wohl mit seinem Gewehr hinter mir gestanden, so dass ich nun doch wieder einmal nach Hause zurückkehrte. Und zu Hause wollte ich sogleich dieses schöne Wort nachschauen. War doch ein schönes Wort: Gewehr. Ganz anders als Colt.

Mein lieber Schutzengel!

»Wir wissen wenig voneinander« … auf diesen Satz meines Lebens hin waren mir nur noch drei Pünktchen möglich. Es verschlug mir die Sprache, also sagte ich mir »wir wissen wenig voneinander«. Was für ein Übertreibungsvirtuose ich doch war … Auch im Zitieren.

»Science«, so hieß wohl Gretas Schutzengel, der sie übers Meer nach Amerika trieb. Hauptsache, sie hatte einen

Schutzengel, dachte ich. Ich war nun jener, der wusste, dass Greta einen Schutzengel hatte, vielleicht sogar zwei, bei dieser Reise, und ich war nun dankbar für ihre Reise und hoffte, dass sie gut in Amerika ankäme. Wie spät war es? »It's time to shut up!«, hörte ich aus dem Off Nancy Pelosi sagen, als hätte Donald Trump sie sehr höflich nach der Uhrzeit gefragt.

Es war wohl schon fünf, und nun endlich, länger als gedacht, hatte das Blauen des Morgens auf sich warten lassen.

Doch aus mir war nun schon wieder einer geworden, der das Morgenrot wecken wollte, und siehe, ich sah das erste Morgenrot. Und da saß doch noch ein letzter, einzelner, einziger Mann vor seinem Nachtprogramm, aus dem nun ein Morgenprogramm geworden war, denn war nicht aus allem ein Morgenrot geworden unterwegs auf dem Meer, das sie Adria nannten, und aus mir auch? Und bald kämen die Durchsagen in den wichtigsten Verkehrssprachen, dass in einer halben Stunde das Restaurant geöffnet werde bis um zehn Uhr griechischer Zeit.

Und ich musste derart lachen, dass etwas anderes als leben nicht mehr in Frage kam.

Ja. Trotz aller düsteren, ins Nichts führenden, zum Ende hin nachgebenden Sätze war ich bisher niemals ein ernsthafter Kandidat gewesen, um mir »Schluss damit!« zu sagen. Und nun? Erfüllt von der Nacht des Lebens … hatte ich meinen Namen getanzt und auf diese Weise noch einmal »Ja« gesagt zu mir und zu allem; möglicherweise auch zum »Nein«. Doch kein anderer als ich empfand nun, dass es nichts Schöneres gab, als da zu sein und zu leben.

Ich hatte keine Uhr bei mir. Ich gehörte jedenfalls nicht zu jenen, welche die Zeit mit der Uhr verwechselten.

Auf der *Asterion II* fiel mir nun noch einmal der andere Mann auf, auf dessen T-Shirt ich ein verblassendes, verwaschenes »Why not!« gelesen hatte. Dieser Dicke, den ich schon gesehen und gehört hatte, wie schnell er lebte und schnarchte.

Und er wohl mich, und hatte mich insgeheim vielleicht sogar beobachtet, wie ich auf dem Achterdeck auf und ab gegangen war. Immer wieder ganz nahe an der Reling, die mich vom Abgrund, einmal Luv, einmal Lee trennte. Das durfte ich doch sagen, obwohl ich nicht vom Meer kam.

Und er hatte vielleicht gar nicht richtig geschlafen und mich wie ein Tier beobachtet, und dann mich vielleicht zu denen gezählt, die nicht zählten, die nachts um dieses Zeit, im ersten Morgengrauen, Morgenblauen ... was für ein schönes Wort ... »das war's dann!« sagten und sprangen.

Aber vielleicht war er jetzt doch froh, dass ich mich wieder hingesetzt hatte und ihm keinen Dreck machte. Und auch dem Reinigungsdienst nicht, der nach dem Tod in der Badewanne alles wegputzen müsste, und auch noch von der Polizei vernommen würde, die von ihm wissen wollen würde, wie alles geschehen war, ja, vielleicht sogar, wie es so weit hatte kommen können.

Ja, wie genau war dieses Wort wieder einmal, vielleicht war er dann doch froh, vielleicht auch nicht, dass ich mich wieder hingesetzt, einen dieser Plastikstühle genommen, etwas zur Seite gerückt hatte, um seinem Nachtprogramm, das hinter meinem Rücken gelaufen war – dazwischen immer wieder die Nachrichten auf Griechisch, mit Bildern aus aller Welt und auch von Greta –, nicht im Weg zu sein.

Ich weiß nicht, ob er mich mit seinen Augen verfolgte

und mich dann von hinten beobachtete, wie ich meine Sätze auf dem Weg zurück von Ithaka in dieses Buch schrieb.

Dabei war auch dieser Satz gewesen: »Meine Erzeugnisse sind durch den Verstand für Musik und durch meinen Schmerz vorhanden.« So sagte er es, Franz Schubert. Der Satz war freilich nicht von mir, der doch auch ein Musiker war und glaubte, dass der Schmerz etwas war, das gesungen werden können musste? War es denn eine Schande, dass der Schmerz das Leben über auch bei mir zu Hause war?

War es denn eine Schande, dass es mir nach allem nicht glückte, meinen Namen zu tanzen? War es denn eine Schande, dass ich nicht war wie die anderen? Dass ich weder wie Humboldt und Schweinfurth, noch wie Kolumbus und Marco Polo, Byron und Hemingway, Messner und Greta war, die mit ihren Sachen ein Leben lang unterwegs waren und wussten, wie? Und wie man es machte, um etwas zu erreichen oder wenigstens durchzusetzen? War es denn eine Schande, dass ich nicht mit ihren Ergebnissen nach Hause zurückkehrte, sondern mit meinen? Dass es vielleicht das Ziel eines Wanderers wie mir war, kein Ziel zu haben?

»In welche Himmelsrichtung wirst du dich verirren?« Das war ein Vers von Franz Hodjak, der auch aus dem Osten kam.

Ach! All meine Straßen und Wege und Holzwege. Doch war mein Leben nicht auch so etwas Schönes? Schön, weil es wahr war? Und wahr, weil es schön war trotz allem? Diesen Satz hätte der gute Mann, der mich beim Schreiben meiner Seiten auf der *Asterion II* beobachtete, als Letztes sehen oder gar lesen können. Und es wäre auch keine Schande gewesen, nichts geschrieben zu haben und im Bett zu sterben, einfach so, und ich hätte mich nicht schämen müssen für diesen Satz von unterwegs auf der *Asterion II* und dieses Leben.

Ich sprang nicht. Stand vielmehr ein letztes Mal auf, in diese bald morgenblaue Nacht hinein, ja, ich ... sah mich aufstehen, tanzte auch nicht mehr, fand an derselben Reling zur Leeseite hin, wo in den Schlafsäcken das Leben auch weitergegangen war, den Weg zurück in meine Kabine, in mein Leben, legte mich wieder ins Bett, löschte noch einmal so kurz vor dem Hellwerden das Licht, schloss die Augen und hörte noch eine Weile den Wellen und meinem Atem zu.